（明）吴承恩 撰

李卓吾先生批評西遊記

第八册

國家圖書館出版社

第八册目録

第四十七回

聖僧夜阻通天水　金木垂慈救小童

却說那國王倚著龍牀，淚如泉湧，只哭到天晚不住。（世上自不乏這等痴人）行者上前高呼道：「你怎麼這等昏亂！見放著那道士的屍骸，一個是虎，一個是鹿，那羊力是一個羚羊。不信時，撈上骨頭來看。那里人有那樣骷髏？他本是成精的山獸，同心到此害你。因見氣數還旺，不敢下手。若再過二年，你氣數衰敗，他就害了你性命，把你江山一股兒盡屬他了。幸我等早來除妖邪，救了你命，你還哭甚？哭甚？急打發關文送我出去。」國王聞此，方纔省悟。（省悟得太速些）那文武多官俱奏道：「死者果然是白鹿黃虎油鍋裡果是羊骨聖僧之言不可不聽國王道既是這等感謝聖僧今日天晚教太師且請聖僧至智淵寺明日早朝大開東閣教光祿寺安排素淨筵宴酬謝果送至寺裡安歇次日五更時候國王設朝聚集多官傳旨快出招僧榜文四門各路張掛一壁廂大排筵宴擺鑾出朝至智淵寺門外請了三藏等共入東閣赴宴不在話下却說那脫命的和尚聞有招僧榜個個欣然都入城來尋孫大聖交納毫毛謝恩這長老散了宴那國王換了關文同皇后嬪妃兩班文武送出朝門只見那些和尚跪拜道傍口稱齊天大聖爺爺我等是沙灘上脫命僧人聞知爺

爺掃除妖孽救援我等又蒙我王出榜招僧特來交納毫毛叩謝天恩行者笑道汝等來了幾何僧人道五百名半個不少行者將身一抖收了毫毛對君臣僧俗人說道這些和尚實是老孫放了車輛是老孫運轉雙關穿夾脊捽碎了那兩個妖道也是老孫打死了今日滅了妖邪方知是禪門有道向後來再不可胡為亂信望你把三道歸一也敬僧也敬道也養育人才我保你江山永固國王依言感謝不盡遂送唐僧出城去訖這一去只為殷懃經三藏努力修持光一元號行夜住渴飲飢飡不覺的春盡夏殘又是秋光天氣一日天色已晚唐僧勒馬道徒弟今宵何

處安身也、行者道、師父出家人。莫說那在家人的話、三藏
道、在家人怎麼、出家人怎麼、行者道、在家人、這時候溫牀
煖被、懷中抱子、脚後蹬妻、自自在在睡覺、我等出家人那
里能勾、便是要帶月披星、餐風宿水、有路且行。無路方住、
八戒道、哥哥、你只知其一、不知其二、如今路多嶮峻、我挑
著重担、著實難走、須要尋個去處、好眠一覺、養養精神、明
日方好捱担、不然、却不累倒我也、行者道、趂月光再走一
程、到有人家之所、再住、師徒們沒柰何、只得相隨行者、往
前又行、不多時、只聽得滔滔浪响、八戒道、罷了、來到盡頭
路了、沙僧道、是一股水擋住也、唐僧道、却怎生得渡、八戒

道等我試之看深淺何如三藏道悟能你休亂談水之淺深如何試得八戒道尋一個鵝卵石抛在當中若是濺起水泡來是淺若是骨都都沉下有聲是深行者道你去試試看那獃子在路傍摸了一塊石頭望水中拋去只聽得骨都都泛起魚津沉下水底他道深深深去不得唐僧道你雖試得深淺却不知有多少寬闊八戒道這個却不知不知行者道等我看看好大聖縱觔斗雲跳在空中定睛觀看但見那

洋洋光浸月浩浩影浮天靈派吞華岳長流貫百川千層洶浪滾萬疊峻波顛岸口無漁火沙頭有鷺眠茫然

渾似海一望更無邊

急收雲頭按落河邊道師父寬哩寬哩去不得老孫火眼金睛白日裡常看千里凶吉曉得是夜裡也還看三五百里如今通看不見邊岸怎定得寬濶之數三藏大驚口不能言聲音哽咽道徒弟阿似這等怎了沙僧道師父莫哭你看那水邊立的可不是個人麼行者道想是扳罾的漁人等我問他去來拿了鐵棒兩三步路到面前看處呀不是人是一面石碑碑上有三個篆文大字下邊兩行有十個小字三個大字乃通天河十個小字乃徑過八百里亘古少人行行者叫師父你來看看三藏看見滴淚道徒弟

啞我當年別了長安只說西天易走那知道妖魔阻隔山水迢遥八戒道師父你且聽是那里鼓鈸聲音想是做齋的人家我們且去赶些齋飯吃問個渡口尋船明日過去罷三藏馬上聽得果然有鼓鈸之聲却不是道家樂器足是我僧家舉事我等去來行者在前引馬一行聞响而來那里有甚正路沒高沒低漫過沙灘望見一簇人家住處約摸有四五百家却也都住得好但見

倚山通路傍岸臨溪此時入夜矣處處柴扉掩家家竹院關沙頭宿鷺夢魂清柳外啼鵑喉舌冷短笛無聲寒砧不韻紅蓼枝搖月黃蘆葉鬭風陌頭村犬吠疎籬渡口老

漁眠釣艇燈火稀。人煙靜。半空皎月如懸鏡。忽聞一陣

白蘋香。却是西風隔岸送。

三藏下馬。只見那路頭上有一家兒門外豎一首幢幡。內裡有燈燭熒煌。香煙馥郁。三藏道。悟空。此處比那山凹河邊。却是不同。在人間屋簷下。可以遮得冷露。放心穩睡。你都莫來。讓我先到那齋公門首告求。若肯留我。我就招呼汝等。假若不留。你却休要撒潑。汝等臉嘴醜陋。只恐諕了人。闖出禍來。却倒無住處矣。行者道。說得有理。請師父先去。我們在此守候。那長老才摘了斗笠。光著頭。抖抖褊衫。拖著錫杖。徑來到人家門外。見那門半開半掩。三藏不敢

擅入。聊站片時，只見裡面走出一個老者，項下掛著數珠，口念阿彌陀佛，徑自來關門。慌得這長老合掌高叫：老施主，貧僧問訊了。那老者還禮道：你這和尚却來遲了。三藏道：怎麼說？老者道：來遲無物了。早來阿，我舍下齋僧儘飽吃飯，熟米三升，白布一段，銅錢十文。你怎麼這時纔來？三藏躬身道：老施主，貧僧不是赶齋的。老者道：既不赶齋，來此何幹？三藏道：我是東土大唐欽差往西天取經者，今到貴處，天色已晚，聽得府上鼓鈸之聲，特來告借一宿，天明就行也。那老者搖手道：和尚，出家人休打誑語。東土大唐到我這里有五萬四千里路，你這等单身，如何來得？三藏道老施主見得最是但我還有三個小徒逢山開路過水疊橋保護貧僧方得到此老者道旣有徒弟何不同來教請請我舍下有處安歇三藏回頭叫聲徒弟這里來那行者本來性急八戒生來粗魯沙僧却也莽撞三個人聽得師父招呼牽著馬挑著担不問好歹一陣風闖將進去那老者看見諕得跌倒在地口裡只說是妖怪來了妖怪來了三藏攙起道施主莫怕不是妖怪是我徒弟老者戰兢兢道這般好俊師父怎麽尋這樣醜徒弟三藏道雖然相貌不終却倒會降龍伏虎捉怪擒妖老者似信不信的扶著唐僧慢走却說那三個兇頑闖入廳房上拴了馬丢下

行李那廳中原有幾個和尚念經八戒掬著長嘴喝道那和尚念的是甚麼經那些和尚聽見問了一聲忽然擡頭觀看外來人嘴長耳朵大身粗背膊寬聲響如雷咋行者與沙僧容貌更醜滿廳堂幾衆僧無人不害怕闍黎還念經班首教行罷難顧磬和鈴佛像且丟下一齊吹息燈驚散光光乍跌跌與爬爬門檻何曾跨你頭撞我頭似倒葫蘆架清清好道場翻成大笑話

這兄弟三人見那些人跌跌爬爬鼓著掌哈哈大笑那些僧越加悚懼磕頭撞腦各顧性命通跑淨了三藏攙那老者到廳堂上燈火全無三人嘻嘻哈哈的還笑唐僧罵道

這潑物十分不善我朝朝教誨日日叮嚀古人云不教而善非聖而何教而後善非賢而何教亦不善非愚而何汝等這般撒潑誠爲至下至愚之類走進門不知高低諕倒了老施主驚散了念經僧把人家好事都攪壞了却不是墮罪與我說得他們不敢回言那老者方信是他徒弟急回頭作禮道老爺沒大事沒大事纔然關了燈散了花佛事將收也八戒道旣是了帳擺出滿散的齋來我們吃了睡覺老者叫掌燈來掌燈來家裡人聽得大驚小怪道廳上念經有許多香燭如何又教掌燈幾個童僕出來看時這個黑洞洞的即便點火把燈籠一擁而至忽擡頭見八

戒沙僧慌得丟了火把忽抽身閉了中門往裡嚷道妖怪
來了妖怪來了行者拿起火把點上燈燭扯過一張交椅
請唐僧坐在上面他兄弟們坐在兩傍那老者坐在前面
正叙坐間只聽得裡面門開處又走出一個老者拄著拐
杖道是甚麽邪魔黑夜裡來我善門之家前面坐的老者
急起身迎到屏門後道哥哥莫嚷不是邪魔乃東土大唐
取經的羅漢徒弟們相貌雖兇果然是相惡人善那老者
方才放下拄杖與他四位行禮禮畢也坐了面前叫看茶
來排齋連叫數聲幾個僮僕戰戰兢兢不敢攏身八戒忍
不住問道老者你這盛价兩邊走怎的老者道教他們捧

齋來侍奉老爺。八戒道。幾個人伏侍。老者道。八個人。八戒道。這八個人伏侍那個。老者道。伏侍你四位。八戒道。那白面師父。只消一個人。毛臉雷公嘴的。只消兩個人。那晦氣臉的要八個人。我得二十個人伏侍方彀。老者見說。問道想是你的食腸大些。八戒道。也將就看得過。老者道。我家有人。七大八小。就叫出有三四十人出來。那和尚與老者一問一答的講話。衆人方才不怕。却將上面排了一張桌。請唐僧上坐。兩邊擺了三張桌。請他三位坐。前面一張桌坐了二位老者。先排上素果品菜蔬。然後是麵飯米飯閑食粉湯。排得齊齊整整。唐長老舉起筯來。先念一卷啟齋經那獃子一則有些急吞二來有些餓了那里等唐僧經完拿過紅漆木碗來把一碗白米飯撲的丟下口去就了（先形容八戒飲食）了傍邊小的道這位老爺忒沒算計不籠饅頭怎的把飯（處都俗且重複可厭）籠了郤不污了衣服八戒笑道不曾籠吃了小的道你不曾舉口怎麼就吃了八戒道兒子們便說慌分明吃了不信再吃與你看那小的們又端了碗盛一碗遞與八戒獃子幌一幌又丟下口去就了了衆僮僕見了道爺爺呀你是磨磚砌的喉嚨著實又光又溜那唐僧一卷經還未完他巳五六碗過手了然後郤纔同舉筯一齊吃齋獃子不論米飯麵飯果品閑食只情一撈亂噇口裡還嚷添飯添

飯、漸漸不見來了、行者叫道、賢弟少吃些罷、也強似在山凹裡忍餓、將就彀得半飽也好了、八戒道、嘴臉常言道、齋僧不飽、不如活埋哩、行者教收了家火、莫睬他、二老者躬身道、不瞞老爺說、白日裡倒也不怕、似這大肚子長老、也齋得起百十衆、只是晚了、收了殘齋、只蒸得一石麵飯、五斗米飯、與幾桌素食、要請幾個親隣、與衆僧們散福、不期你列位來、諕得衆僧跑了、連親隣也不曾敢請、儘數都供奉了列位、如不飽、再教蒸去、八戒道、再蒸去、再蒸去、話畢收了家火桌席、三藏拱身謝了齋供、纔問老施主高姓、老者道、姓陳、三藏合掌道、這是我貧僧華宗了、老者道、老爺

也姓陳。三藏道。是俗家也姓陳。請問適纔做的甚麼齋事
八戒笑道。師父問他怎的。豈不知道。必然是青苗齋。平安
齋。了場齋罷了。老者道。不是。不是。三藏又問端的為何。老
者道。是一場預修亡齋。八戒笑得打跌道。公公忒沒眼力。
我們是扯謊架橋哄人的大王。你怎麼把這謊話哄我和
尚家。豈不知齋事。只有個預修寄庫齋。預修填還齋。那里
若曉得些齋事還像個和尚
有個預修亡齋的。你家人又不曾有死的。做甚亡齋。行者
聞言。暗喜道。這獃子乖了些也。老公公。你是錯說了。怎麼
叫做預修亡齋。那二位欠身道。你等取經。怎麼不走正路。
却蹡到我這里來。行者道。走的是正路。只見一股水攩住。

不能得渡，因聞鼓鈸之聲，特來造府借宿。老者道：你們到水邊，可曾見些甚麼？行者道：止見一面石碑，上書通天河三字，下書經過八百里，亘古少人行十字，再無別物。老者道：再往上崖走走，好的，離那碑記只有里許，有一座靈感大王廟，你不曾見？行者道：未見，請公公說說，何為靈感？那兩個老者一齊垂淚道：老爺呵，那大王

感應一方興廟宇，威靈千里祐黎民。年年庄上施甘雨，
歲歲村中落慶雲。

行者道：施甘雨，落慶雲，也是好意思，你却怎麼傷情煩惱何也？那老者蹬脚捶胸，恨了一聲道：老爺呵

雖則恩多還有怨總然慈惠却傷人只因好吃童男女
不是昭彰正直神
行者道要吃童男女麽老者笑道正是行者道想必輪到你家了老者道今年正到舍下我們這里有百家人家居住此處屬車遲國元會縣所管喚做陳家庄這大聖一年一次祭賽要一個童男一個童女猪羊牲醴供獻他他一頓吃了保我們風調雨順若不祭賽就來降禍生災行者道你府上幾位令郎老者搥胸道可憐可憐說甚麽令郎羞殺我等這個是我舍弟名喚陳清老拙叫做陳澄我今

說六十三笑叙事處緣何又是五十八差

年六十三歲他今年五十八歲兒女上都艱難我五十歲

上（錯無差）還没兒子親友們勸我納了一妾沒柰何尋下一房生得一女今年纔交八歲取名喚做一秤金八戒道好貴名怎麼叫做一秤金老者道只因兒女艱難修橋補路建寺立塔佈施齋僧有一本帳目那里使三兩那里使四兩到生女之年郝好用過有三十斤黃金三十斤爲一秤所以喚做一秤金行者道那個的兒子麽老者道舍弟有個兒子也是偏出今年七歲了取名喚做陳關保行者問何取此名老者道家下供養關聖爺爺因在關爺之位下求得這個兒子故名關保我兄弟二人年歲百二止得這兩人種不期輪次到我家祭賽所以不敢不獻故此父子之情

難割難捨，先與孩兒做個超生道場，故曰預修亡齋者，此也。三藏聞言，止不住腮邊淚下道：這正是古人云：黃梅不落青梅落，老天偏害沒兒人。行者笑道：等我再問他，老公公，你府上有多大家當？二老道：頗有些兒水田，有四五十頃；旱田，有六七十頃；草場，有八九十處；水黃牛，有二三百頭；驢馬，有三二十匹；猪羊雞鵝無數。舍下也有吃不著的陳粮，穿不了的衣服，家財產業，也儘得數。行者道：你這等家業，也虧你省將起來的。老者道：怎見我省？行者道：既有這家私，怎麼捨得親生兒女祭賽？撵了五十兩銀子，可買

雖價倍雖價一半亦可思

一個童男；撵了一百兩銀子，可買一個童女，連紋纏不過

二百兩之數可就留下自巳兒女後代却不是好二老滴淚道老爺你不知道那大王甚是靈感常來我們人家行走行者道他來行走你們看見他是甚麼嘴臉有幾多長短二老道不見其形只聞得一陣香風就知是大王爺爺來了即忙滿斗焚香老少望風下拜他把我們這人家匙大碗小之事他都知道老幼生時年月他都記得只要親生兒女他方受用不要說二三百兩沒處買就是幾千萬兩也沒處買這般一模一樣同年同月的兒女行者道原來這等也罷也罷你且抱你令郎出來我看看那陳清急入裡面將關保兒抱出廳上放在燈前小孩兒那知死活

籠著兩袖果子跳跳舞舞的吃著耍子行者見了默默念聲咒語搖身一變變作那關保兒一般模樣兩個孩兒攙著手在燈前跳舞諕得那老者慌忙跪下唐僧道老爺不當人子不當人子這老者道纔然說話怎麼就變作我兒一般模樣叫他一聲齊應齊走却折了我們年壽請現本相請現本相行者把臉抹了一把現了本相那老者跪在面前道老爺原來有這樣本事行者笑道可像你兒子麼

妙談趣談

老者道像像像果然一般嘴臉一般聲音一般衣服一般長短行者道你還沒細哩取秤來稱稱可與他一般輕重老者道是是是是一般重行者道似這等可祭賽得過麼

老者道忒好忒好祭得過了行者道我今替這個孩兒性命留下你家香煙後代我去祭賽那大王去也那陳清跪地磕頭道老爺果若慈悲替得我送白銀一千兩與唐老爺做盤纏往西天去行者道就不謝謝老孫老者道你已替祭沒了你也行者道怎的得沒了老者道那大王吃了行者道他敢吃我老者道不吃你好道嫌腥行者笑道任從天命吃了我是我的命短不吃是我的造化我與你祭賽去那陳凊只管磕頭相謝又允送銀五百兩惟陳澄也不磕頭也不說謝只是倚着那屏門痛哭行者知之上前扯住道大老你這不允我不謝我想是捨不得你女兒[illegible]

○揣○畫○過○眞○

陳澄纔跪下道是捨不得敢蒙老爺盛情救替了我姪子也彀了但只是老拙無兒止此一女就是我死之後他也哭得痛切怎麽捨得行者道你快去蒸上五十米的飯整治些些好素菜與我那長嘴師父吃教他變作你的女兒我兄弟同去祭賽索性行個陰騭救你兩個兒女性命如何那八戒聽得此言心中大驚道哥哥你要弄精神不管我死活就要攀扯我行者道賢弟常言道雞兒不吃無功之食你我進門感承盛齋你還嚷吃不飽哩怎麽就不與人家救些些患難八戒道哥阿變化的事情我却不會哩行者道你也有三十六般變化怎麽不會三藏呼悟能你師兄

說得最是處得甚當常言救人一命勝造七級浮屠一則感謝厚情二來當積陰德況涼夜無事你兄弟耍耍去來八戒道你看師父說的話我只會變山變樹變石頭變賴像變水牛變大肚漢還可若變小女兒有幾分難哩行者道老大莫信他抱出你令嬡來看看陳澄急入裡邊抱將一秤金女兒到了廳上一家子妻妾大小不拘老幼內外

叙得逼真

都出來磕頭禮拜只請救孩兒性命那女兒頭上戴一個八寶垂珠的花翠箍身上穿一件紅閃黄的紵絲襖上套著一件官綠緞子棋盤領的披風腰間繫一條大紅花絹裙腳下踏一雙蝦蟆頭淺紅紵絲鞋腿上穿兩隻綃金膝

褲兒也拿。着果子吃哩。行者道。八戒。這就是女孩兒。你快變的像他。我們祭賽去。八戒道。哥呀。似這般小巧俊秀。怎變。行者叫快些。莫討打。八戒慌了道。哥哥。不要打。等我變了看。這獃子念動咒語。把頭搖了幾搖。叫變。真個變過頭來。就也像女孩兒面目。只是獃子肚大郎伉。不像。行者笑道。再變變。八戒道。憑你打了罷。變不過來。奈何。行者道。莫成是丫頭的頭。和尚的身子。弄的這等不男不女。却怎生是好。你可佈起罡來。他就吹他一口仙氣。果然即時把身子變過。與那女兒一般。便教二位老者。帶你寶眷。同令郎令愛進去。不要錯了。一會家我兄弟躲懶討乖。走進去時

如今反是和尚的頭丫頭的身子的多

難識認你將好果子與他吃不可教他哭叫恐大王一時知覺走了風訊等我兩人耍子去也好大聖分付沙僧保護唐僧我變作陳關保八戒變作一秤金二人俱停當了却問怎麼供獻還是綑了去是綁了去蒸熟了去是剁碎了去八戒道哥哥莫要弄我我沒這個本事老者道不敢不敢只是用兩個紅漆丹盤請二位坐在盤內放在桌子上著兩個後生擡一張桌子把你們擡上廟去行者道好好好拿盤子出來我們試試那老者即取出兩個丹盤行者與八戒坐上四個後生擡起兩張桌子往天井裡走走兒又擡回放在堂上行者歡喜道八戒相這般子走走耍

耍。我們也是上臺盤的和尚。八戒道若是擡了去還擡
回來兩頭擡到天明我也不怕。只是擡到廟裡就要吃哩
這個却不是耍子。行者道你只看著我剁著吃我時你就
走了罷。八戒道知他怎麽吃哩。如先吃童男我便好跑。如
先吃童女我却如何。老者道常年祭賽時我這里有胆大
的鑽在廟後或在供桌底下看見他先吃童男後吃童女。
八戒道造化造化。兄弟正然談論只聽得鑼鼓喧天燈火
照耀。打開前門叫擡出童男童女來。這老者哭哭啼啼。那
四個後生將他二人擡將出去。端的不知性命何如。且聽
下回分辯。

總評

他兩人能替人性命真是大俠然又談笑而爲之不動一毫聲色真聖也

第四十八回

魔弄寒風飄大雪　僧思拜佛履層冰

話說陳家庄衆信人等將猪羊牲醴與行者八戒喧喧嚷嚷直擡至靈感廟裡排下將童男女設在上首行者回頭看見那供桌上香花蠟燭正面一個金字牌位上寫靈感大王之神更無別的神像衆信擺列停當一齊朝上叩頭道大王爺爺今年今月今日今時陳家庄祭主陳澄等衆信年甲不齊謹遵年例供獻童男一名陳關保童女一名陳一秤金猪羊牲醴如數奉上大王享用保祐風調雨順五穀豐登祝罷燒了紙馬各回本宅不題那八戒見人散

了。對行者道。我們家去罷。行者道。你家在那里。八戒道。往老陳家睡覺去。行者道。獃子。又亂談了。旣允了他。須與他了這愿心。才是哩。八戒道。你倒不是獃子。反說我是獃子。只哄他耍耍便罷。怎麽就與他祭賽。當起眞來。行者道。莫胡說。爲人爲徹。一定等那大王來吃了。纔是個全始全終。不然。又敎他降災貽害。反爲不美。正說間。只聽得呼呼風响。八戒道。不好了。風响是那話兒來了。行者只叫莫言語。等我答應。頃刻間。廟門外來了一個妖邪。你看他怎生模樣。

好。提。醒。

金甲金盔燦爛新。腰纏寶帶繞紅雲。眼如晚出明星皎

牙似重排鋸齒分足下煙霞飄蕩蕩身邊霧藹暖薰薰
行時陣陣陰風冷立處層層煞氣溫却似捲簾扶駕將
由如鎮寺大門神
那怪物攔住廟門問道今年祭祀的是那家行者笑吟吟
的答道承下問庄頭是陳澄陳清家那怪聞答心中疑似 乖猴趣猴
道這童男胆大言談伶俐常來供養受用的問一聲不言
語再問聲諕了魂用手去捉已是死人怎麼今日這童男
善能應對怪物不敢來拿又問童男女叫甚名字行者笑
道童男陳關保童女一秤金怪物道這祭賽乃常年舊規
如今供獻我當吃你行者道不敢抗拒請自在受用怪物

聽說，又不敢動手，攔住門喝道，你莫頂嘴，我常年先吃童男，今年到要先吃童女，八戒慌了道，大王還照舊罷，不要吃壞例子，那怪不容分說，放開手就捉八戒，獃子撲的跳下來，現了本相，掣釘鈀，劈手一築，那怪物縮了手，往前就走，只聽得噹的一聲響，八戒道，築破甲了，行者也現本相

好一對童男女快請大王受用

看處，原來是冰盤大小兩個魚鱗，喝聲趕上，二人跳到空中，那怪物因來赴會，不曾帶得兵器，空手在雲端裏問道，你是那方和尚，到此欺人，破了我的香火，壞了我的名聲，行者道，這怪物原來不知，我等乃東土大唐聖僧三藏奉欽差西天取經之徒弟，昨因夜寓陳家，聞有邪魔假號靈

感年年要童男女祭賽是我等慈悲拯救生靈捉你這潑
物趂早實實供來一年吃兩個童男女你在這里稱了幾
年大王吃了多少男女一個個筭還我饒你死罪那怪聞
言就走被八戒又一釘鈀未曾打着他化一陣狂風鑽入
通天河內行者道不消赶他了這怪想是河中之物且待
明日設法拿他送我師父過河八戒依言徑回廟裡把那
猪羊祭禮連桌面一齊擫到陳家此時唐長老沙和尚共
陳家兄弟正在廳中候信忽見他二人將猪羊等物都丟
在天井裡三藏迎來問道悟空祭賽之事何如行者將那
稱名赶怪鑽入河中之事說了一遍二老十分歡喜即命

打掃廟房、安排牀鋪請他師徒就寢不題、卻說那怪、得命回歸水內坐在宮中、默默無言、水中大小眷族問道大王、每年享祭回來歡喜、怎麼今年煩惱那怪道常年享畢、還帶些餘物與汝等受用、今日連我也不曾吃得、造化低撞著一個對頭幾乎傷了性命、衆水族問大王是那個、那怪道、是一個東土大唐聖僧的徒弟往西天拜佛求經者、假變男女坐在廟裡我被他現出本相、險些兒傷了性命、一向聞得人講唐三藏乃十世修行好人但得吃他一塊肉、延壽長生、不期他手下有這般徒弟、我被他壞了名聲、破了香火、有心要拿唐僧只怕不得能彀、那水族中、閃上一個班衣鱖婆對怪物跬跬拜拜笑道大王要捉唐僧有何難處但不知捉住他可賞我些酒肉那怪道你若有謀合同用力捉了唐僧與你拜為兄妹共席享之鱖婆拜謝了道久知大王有呼風喚雨之神通攪海翻江之勢力不知可會降雪（此婆亦通）那怪道會降又道既會降雪不知可會作冷結冰那怪道更會鱖婆鼓掌笑道如此極易極易那怪道你且將極易之功講來我聽鱖婆道今夜有三更天氣大王不必遲疑趁早作法起一陣寒風下一陣大雪把通天河盡皆凍結著我等善變化者變作幾個人形在于路口背包持傘担担推車不住的在冰上行走那唐僧取經之心

甚急看见如此人行斷然踏氷而渡大王穩坐河心待他
脚踪响處迸裂寒氷連他那徒弟們一齊墜落水中一股
可得也那怪聞言滿心歡喜道甚妙甚妙即出水府踏長
人但知冷處害人不知熱處害人更甚
空興風作雪寒威密凍成氷不題却說唐長老師徒四人
歇在陳家將近天曉師徒們衾寒枕冷八戒咳歌打戰睡
不得叫道師兄冷呵行者道你這獃子忒不長俊出家人
着眼
寒暑不侵怎麼怕冷三藏道徒弟果然冷你看就是那
重衾無暖氣袖手似揣氷此時敗葉垂霜蕊蒼松掛凍
不通之極可笑
鈴地裂因寒甚池平為水凝漁舟不見叟山寺怎逢僧
樵子愁柴少王孫喜炭增征人鬚似鐵詩客筆如菱皮

襖猶嫌薄，貂裘尚恨輕。蒲團僵老衲，紙帳旅魂驚。繡被重裀褥，渾身戰抖鈴。

師徒們都睡不得，爬起來穿了衣服，開門看處，呀！外面白茫茫的，原來下雪哩！行者道：「怪道你們害冷哩！却是這般大雪！」四人眼同觀看，好雪！但見那：

彤雲密佈，慘霧重侵。彤雲密佈，朔風凜凜號空；慘霧重侵，大雪紛紛蓋地。真個是六出花，片片飛瓊；千林樹，株株帶玉。須臾積粉，頃刻成鹽。白鸚歌失素，皓鶴羽毛同。平添吳楚千江水，壓倒東南幾樹梅。却便似戰退玉龍三百萬，果然如敗鱗殘甲滿天飛。那里得東郭履，袁安臥，孫康映讀，更不見子猷舟，王恭氅，蘇武飡氊，但只是幾家村舍如銀砌，萬里江山似玉團。好雪，柳絮漫橋，梨花盖舍。柳絮漫橋，橋邊漁叟掛簑衣；梨花盖舍，舍下野翁煨榾柮。客子難沽酒，蒼頭苦覓梅，洒洒瀟瀟裁蝶翅，飄飄蕩蕩剪鵝衣，團團滾滾隨風勢，叠叠層層道路迷，陣陣寒威穿小幙，颼颼冷氣透幽幃，豊年祥瑞從天降，堪賀人間好事宜。

那場雪，紛紛灑灑，果如剪玉飛綿，師徒們嘆翫多時，只見陳家老者，着兩個僮僕，折開道路，又兩個送出熱湯洗面。須臾又送滚茶乳餅，又擡出炭火，俱到廂房，師徒們叙坐。

長老問道老施主貴處時令不知可分春夏秋冬陳老笑道此間雖是僻地但只風俗人物與上國不同至于諸凡穀苗牲畜都是同天共日豈有不分四時之理三藏道既分四時怎麼如今就有這般大雪這般寒冷陳老道此時雖是七月昨日已交白露就是八月節了我這里常年八月間就有霜雪三藏道甚比我東土不同我那里交冬節方有之正話間又見僮僕來安桌子請吃粥粥罷之後雪比早間又大須臾平地有二尺來深三藏心焦垂淚陳老道老爺放心莫見雪深憂慮我舍下頗有幾石糧食供養得老爺們半生三藏道老施主不知貧僧之苦我當年蒙

聖恩賜了旨意擺大駕親送出關唐王御手擎盃奉餞問道幾時可回貧僧不知有山川之險順口回奏只消三年、可取經回國自別後今已七八個年頭還未見佛面恐違了欽限又怕的是妖魔兇狠所以焦慮今日有緣得寓潭府昨夜愚徒們略施小惠報答實指望求一船隻渡河不期天降大雪道路迷漫不知幾時纔得功成回故土也（功不成便不得回故土此意可忍）老道老爺放心正是多的日子過了那里在這幾日且待（着眼着眼）天晴化了氷老拙傾家費產必處置送老爺過河只見一僮又請進早齋到廳上吃畢敘不多時又午齋相繼而進、三藏見品物豐盛再四不安道既蒙見留只可以家常相待陳老道老爺感蒙替祭救命之恩雖逐日設筵奉款也難酧難謝此後大雪方住就有人行走陳老見三藏不快又打掃花園大盆架火請去雪洞裡閑耍散悶八戒笑道那老兒忒沒筭計春二三月好賞花園這等大雪又冷賞翫何物行者道獃子不知事雪景自然幽靜一則遊賞二來與師父寬懷陳老道正是正是遂此邀請到園但見

景值三秋風光如臘蒼松結玉蕋衰柳掛銀花堦下玉苔堆粉屑牕前翠竹吐瓊芽巧石山頭養魚池內巧石山頭削削尖峰排玉笋養魚池內清清活水作冰盤臨岸芙蓉嬌色淺傍崖木槿嫩枝垂秋海棠全然壓倒臘

梅樹聊發新枝牡丹亭海榴亭丹桂亭亭亭盡鵝毛堆
積放懷處款客處遣興處處處皆蝶翅鋪漫兩邊黃菊
玉綃金幾樹丹楓紅間白無數閑庭冷難到且觀雪洞
冷如春那裡邊放一個獸面像足銅火盆熱烘烘炭火
纔生那上下有幾張虎皮搭苫漆交椅軟溫溫紙窗鋪
設 紬
那壁上掛幾軸名公古畫却是那
七賢過關寒江獨釣疊嶂層巒團雪景蘇武飡氊折梅
逢使瓊林玉樹寫寒文說不盡那家近水亭魚易買雪
迷山徑酒難沽真個可堪容膝處算來何用訪蓬壺

衆人觀翫良久就于雪洞裡坐下對隣叟道取經之事又捧香茶飲畢陳老問列位老爺可飲酒麽三藏道貧僧不飲小徒畧飲幾盃素酒陳老大喜即命取素果品頓暖酒與列位湯寒那僮僕即擡桌圍爐與兩個隣叟各飲了幾盃收了家火不覺天色將晚又仍請到廳上晚齋只聽得街上行人都說好冷天呵把通天河凍住了三藏聞言道悟空凍住河我們怎生是好陳老道乍寒乍冷想是近河邊淺水處凍結那行人道把八百里都凍的似鏡面一般路口上有人走哩三藏聽說有人走就要去看陳老道老爺莫忙今日晚了明日去看遂此別却隣叟又晚齋畢依

然歟在廂房及次日天曉八戒起來道師兄今夜更冷想必河凍住也三藏迎著門朝天禮拜道衆位護教大神弟子一向西來虔心拜佛苦歷山川更無一聲報怨今至于此感得皇天祐助結凍河水弟子空心權謝待得經回奏上唐皇竭誠酧答禮拜畢遂教悟淨背馬趂氷過河陳老又道莫忙待幾日雪融氷解老拙這里辦船相送沙僧道就行也不是話再住也不是話口說無憑耳聞不如眼見我背了馬且請師父親去看看陳老道言之有理教小的們快去背我們六匹馬來且莫背唐僧老爺馬就有六個小价跟隨一行人徑往河邊來看眞個是

雪積如山聳雲收破曉晴寒凝楚塞千峰瘦冰結江湖一片平朔風凜凜滑凍稜稜池魚偎密藻野鳥戀枯槎塞外征夫俱墜指江頭稍子亂敲牙裂蛇腹斷鳥足果然冰山千百尺萬壑冷浮銀一川寒浸玉東方自信出僵蚕北地果然有鼠窟王祥臥光武渡一夜溪橋連底固曲沼結稜層深淵重疊沍通天闊水更無波皎潔冰漫如陸路

三藏與一行人到了河邊勒馬觀看真個那路口上有人行走三藏問道施主那些人上冰往那里去陳老道河那邊乃西梁女國這起人都是做買賣的我這邊百錢之物

到那邊可值萬錢那邊百錢之物到這邊亦可值萬錢利重本輕所以人不顧死生而去常年家有五七人一船或（世情如是可憐）十數人一船飄洋而過見如今河道凍住故捨命而步行也三藏道世間事惟名利最重似他爲利的捨死忘生我（着眼）弟子奉旨全忠也只是爲名與他能差幾何教悟空快回施主家收拾行囊叩背馬匹趁此層冰早奔西方去也行者笑吟吟答應沙僧道師父呵常言道千日吃了千升米今已托賴陳府上且再住幾日待天晴化凍辦船而過忙中恐有錯也（好言語）三藏道悟淨怎麼這等愚見若是正二月一日暖似一日可以待得凍解此時乃八月一日冷似一日

如何可便望解凍却不又悞了半載行程八戒跳下馬來你們且休講閑口等老猪試看有多少厚薄行者道獃子前夜試水能去拋石如今氷凍重漫怎生試得八戒道師兄不知等我舉釘鈀鈀他一下假若築破就是氷薄且不敢行若築不動便是氷厚如何不行三藏道正是說得有理那獃子撩衣拽步走上河邊雙手舉鈀儘力一築只聽撲的一聲築了九個白跡手也振得生疼獃子笑道去得去得連底都錮住了三藏聞言十分歡喜與衆同回陳家只教收拾走路那兩個老者苦留不住只得安排些乾糧烘炒做些燒餅饝饝相送一家子磕頭禮拜又捧出一盤

子散碎金銀跪在面前道多蒙老爺活子之恩聊表途中一飯之敬三藏擺手搖頭只是不受道貧僧出家人財帛何用就途中也不敢取出只是以化齋度日為正事收了乾糧足矣二老又再三央求行者用指尖兒撚了一小塊約有四五錢重遞與唐僧道師父也只當此襯錢莫教空

○就○似○負○的○

負二老之意遂此相向而别徑至河邊氷上那馬蹄滑了

○一○般○奇○矣○

一滑險些兒把三藏跌下馬來沙僧道師父艱行八戒道且住問陳老官討個稻艸來我用行者道要稻艸何用八戒道你那里得知要稻艸包著馬蹄方纔不滑免教跌下師父來也陳老在岸上聽言急命人家中取一束稻艸却

請唐僧上岍下馬八戒將草包裹馬足然後踏冰而行別陳老離河邊行有三四里遠近八戒將九環錫杖遞與唐僧道師父你橫此在馬上行者道這獃子奸詐錫杖原是你拿的如何又叫師父拿著八戒道你不曾走過冰凍不曉得凡是冰凍之上必有冷眼倘或躧著冷眼脫將下去若沒橫担之物骨都的落水就如一個大鍋蓋蓋住如何鑽得上來須是如此架住方可行者暗笑道這獃子到是個積年走冰的果然都依了他長老橫担著錫杖行者橫担著鐵棒沙僧橫担著降妖寶杖八戒肩挑著行李腰橫著釘鈀師徒們放心前進這一直行到天晚吃了些乾糧

却又不敢不停對著星月光華觀的氷凍上亮灼灼白茫茫只情奔走果然是馬不停蹄師徒們莫能合眼走了一夜天明又吃些乾糧望西又進正行時只聽得氷底下撲喇喇一聲响亮險些兒諕倒了白馬三藏大驚道徒弟啞怎麽這般响亮八戒道這河忒也凍得結實地冷响了或者這半中間連底通錮住了也三藏聞言又驚又喜策馬前進趲行不題却說那妖邪自從回歸水府引衆精在于水下等候多時只聽得馬蹄响處他在底下弄個神通之喇的迸開氷凍慌得孫太聖跳上空中早把那白馬落于水内三人盡皆脫下那妖邪將三藏捉住引群精徑回水

厲聲高叫鱖妹何在老鱖婆迎門施禮道大王不敢不
敢妖邪道賢妹何出此言一言既出駟馬難追原說聽從
汝計捉了唐僧與你拜為兄妹今日果成妙計捉了唐僧
就好昧了前言教小的們擡過案桌磨快刀來把這和尚
剖腹剜心剝皮剮肉一壁廂响動樂器與賢妹共而食之
延壽長生也鱖婆道大王且休吃他恐他徒弟們尋來吵
鬧且寧耐兩日讓那廝不來尋然後剖開請大王上坐衆
眷族環列吹彈歌舞奉上大王從容自在享用却不好也
那怪依言把唐僧藏在宮後使一個六尺長的石匣蓋在
中間不題却說八戒沙僧在水裡撈著行囊放在白馬身

上馱了，分開水路湧浪翻波負水而出，只見行者在半空中看見問道師父何在，八戒道師父姓陳名到底了，如今没處找尋且上岸再作區處，原來八戒本是天蓬元帥臨凡，他當年掌管天河八萬水兵大衆沙和尚是流沙河内出身，白馬本是西海龍孫，故此能知水性，大聖在空中指引須臾回轉東崖，晒刷了馬匹，紾掠了衣裳，大聖雲頭按落一同到那陳家庄上，早有人報與二老道四個取經的老爺，如今只剩了三個來也，兄弟卽忙接出門外果見衣裳還濕，道老爺們，我等那般苦留却不肯住，只要這樣方休，怎麽不見三藏老爺，八戒道不叫做三藏了，改名叫做

陳到底也二老垂淚道可憐可憐我說等雪融備舡相送
堅執不從致令喪了性命行者道老兒莫替古人躭憂我
師父管他不死長命老孫知道決然是那靈感大王弄法
算計去了你且放心與我們漿漿衣服晒晒關文取艸料
喂著白馬等我弟兄尋著那廝救出師父索性剪艸除根
替你一庄人除了後患庶幾永永得安生也陳老聞言滿
心歡喜即命安排齋供兄弟三人飽飡一頓將馬匹行囊
交與陳家看守各整兵器逕赴水邊尋師擒怪正是

悞踏層氷傷本性　大舟脫漏怎周全

畢竟不知怎麼救得唐僧且聽下回分解

總評 併前七回

人見妖魔要吃童男童女便以爲怪事殊不知世上有父母自吃童男童女的甚至有童男自吃童男童女自吃童女的比比而是亦常事耳何怪之有或問何故曰以童男付之庸師童女付之淫媒此非父母自吃童男女乎爲男者自甘爲囚人爲女者自甘爲娼婦喪失其赤子之心此非童男女自吃童男女乎或鼓掌大笑曰原來今日卻是妖魔世界也余亦笑而不言

第四十九回

三藏有災沉水宅　觀音救難現魚籃

却說孫大聖與八戒沙僧辭陳老來至河邊道兄弟你兩個議定那一個先下水八戒道哥呵我兩個手段不見怎的還得你先下水行者道不瞞賢弟說若是山裡妖精全不用你們費力水中之事我去不得就是下海下江我須要捻著避水訣或者變化甚麼魚蟹之形纔去得若是那般捻訣却輪不得鐵棒使不得神通打不得妖怪我久知你兩個慣水之人我所以要你兩個下去沙僧道哥呵小弟雖是去得但不知水底如何我等大家都去哥哥變作

甚麼模樣或是我馱著你分開水道尋著妖怪的巢穴你
先進去打聽打聽若是師父不曾傷損還在那裡我們好
努力征討假若不是這怪弄法或者渰死師父或者被妖
吃了我等不須苦求早早的別尋道路何如行者道賢弟
說得有理你們那個馱我八戒暗喜道這猴子不知捉弄
了我多少今番原來不會水等老豬馱他也捉弄他捉弄
獃子笑嘻嘻的叫道哥哥我馱你行者就知有意却便將
計就計道是也好你比悟淨還有些膂力八戒就背著他
沙僧剖開水路兄弟們同入通天河內向水底下行有百
逆功頑皮
十里遠近那獃子捉弄行者行者隨即拔下一根毫毛變

做假身伏在八戒背上眞身變作一個猪風子緊緊的貼
在他耳躲裡八戒正行忽然打個蹡踉便故意把行者往
前一攢樸的跌了一跤原來那個假身本是毫毛變的却
就飄起去無影無形沙僧道二哥你是怎麼説不好生走
路就跌在泥裡便也罷了却把大哥不知跌在那里去了
八戒道那猴子不禁跌一跌就跌化了兄弟莫管他死活
我和你且去尋師父去沙僧道不好還得他來他雖不知
水性他比我們乖巧若無他來我不與你去行者在八戒
耳躲裡忍不住高叫道悟淨老孫在這里也沙僧聽得笑
道罷了這獃子是死了你怎麼就敢捉弄他如今夫得聞

聲不見面却怎是好八戒慌得跪在泥裡磕頭道哥哥是我不是了待救了師父上岸陪禮你在那里做聲就諕殺我也你請現原身出來我馱著你再不敢冲撞你了行者道是你還馱著我哩我不弄你你快走快走那獃子絮絮叨叨只管念誦著陪禮爬起來與沙僧又進行了又有百十里遠近忽擡頭望見一座樓臺上有水黿之第四個大字沙僧道這壁廂是妖精住處我兩個不知虛實就罵上門索戰行者道悟淨那門裡外可有水麽沙僧道無水行者道既無水你再藏隱在左右待老孫去打聽打聽好大聖爬離了八戒耳躲裡却又搖身一變變作個長脚鰕婆

兩三跳跳到門裡睜眼看將只見那怪坐在上面衆水族擺列兩邊有個斑衣鱖婆坐于側手都商議要吃唐僧行者留心兩邊尋找不見忽看見一個大肚鰕婆走將來徑往西廊下立定行者跳到面前稱呌道妳妳方主與衆商議要吃唐僧唐僧却在那裡鰕婆道唐僧被大王降雪結冰昨日拿在宮後石匣中間只等明日他徒弟們不來吵鬧就奏樂享用也行者聞言演了一會徑直尋到宮後看果有一個石匣却像人家槽房裡的猪槽又似人間一口石棺材之樣量量只有六尺長短却伏在上面聽了一會只聽得三藏在裡面嚶嚶的哭哩行者不言語側耳再聽

自恨江流命有愆生時多少水災纏出娘胎腹淘波浪
拜佛西天墮渺淵前遇黑河身有難今逢水解命歸泉
不知徒弟能來否可得真經返故園
行者恐不住叫道師父莫恨水災經云土乃五行之母水
乃五行之原無土不生無水不長老孫來了三藏聞得道
徒弟阿拯我耶行者道你且放心待我們擒住妖精自教
你脫難三藏道快些兒下手再停一日兒足悶殺我也行
者道沒事沒事我去也急回頭踴將出去到門外現了原
身叫八戒那獃子與沙僧近道哥哥如何行者道正是此

怪騙了師父師父未曾傷損被怪物捲在石匣之下你兩個快着鬬戰讓老孫先出水面你若擒得他就擒擒不得但個佯輸引他出水待我打他沙僧道哥哥放心先去待小弟們鑑貌辨色這行者捻著避水訣鑽出河中停立岸邊等候不題你看那豬八戒行兇鬭至門前厲聲高叫潑怪物送我師父出來慌得那門裡小妖急報大王門外有人要師父哩妖邪道這定是那潑和尚來了教快取披掛兵器來衆小妖連忙取出妖邪結束了執兵在手即命開門走將出來八戒與沙僧對列左右見妖邪怎生披掛好怪物你看他

頭戴金盔晃且輝身披金甲掣虹霓腰圍寶帶團珠翠
足踏煙黃靴樣奇鼻準高隆如嶠聳天庭廣闊若龍儀
眼光閃灼圓還暴牙齒銅鋒尖又齊短髮蓬鬆飄火焰
長鬚瀟洒挺金錐口咬一枝青嫩藻手拿九瓣赤銅鎚
一聲呀啞門開處响似三春驚蟄雷這等形容人世少
敢稱靈顯大王威
妖邪出得門來隨後有百十個小妖一個個輪鎗舞劍擺
門兩哨對八戒道你是那寺裡和尚為甚到此喧嚷八戒
喝道我把你這打不死的潑物你前夜與我頂嘴今日如
何推不知來問我我本是東土大唐聖僧之徒弟往西天

拜佛求經者你弄玄虛假做甚麼靈感大王專在陳家庄要吃童男童女我本是陳清家一秤金你不認得我麼那妖邪道你這和尚甚沒道理你變做一秤金該一個冒名頂替之罪我到不曾吃你反被你傷了我手背已是讓了你你怎麼又尋上我的門來八戒道你旣讓我却怎麼又弄冷風下大雪凍結堅冰害我師父快早送我師父出來萬事皆休牙迸半個不字你只看看手中鈀决不饒你妖邪聞言微微冷笑道這和尚賣此長舌胡誇大口果然是我作冷下雪凍河攝你師父你今嚷上門來思量取討只怕這一番不比那一番了那時節我因赴會不曾帶得兵

器愾中你你傷你如今且休要走我與你交敵三合三合敵得我過還你師父敵不過連你一發吃了八戒道好乖兒子正是這等說仔細看鈀妖邪道你原來是半路上出家的和尚八戒道我的兒你真個有些靈感怎麼就曉得我是半路出家的妖邪道你會使鈀想是雇在那里種園把他釘鈀拐將來也八戒道兒子我這鈀不是那築地之鈀你看

巨齒鑄就如龍爪細金粧來似蟒形若逢對敵寒風洒但遇相持火焰生能與聖僧除怪物西方路上捉妖精輪動煙雲遮日月使開霞彩照分明築倒太山千虎怕

攪翻大海萬龍驚。饒你威靈有手段。一築須教九窟窿。那個妖邪那里肯信。舉銅鎚劈頭就打。八戒使釘鈀架住道。你這潑物。原來也是半路上成精的邪魔。那怪道。你怎麽認得我是半路上成精的。八戒道。你會使銅鎚。想是雇在那個銀匠家扯爐。被你得了手。偷將出來的。妖邪道。這非打銀之鎚。你看

「九瓣攢成花骨朵。一竿虚孔萬年青。原來不比凡間物。
出處還從仙苑名。綠房紫蒻瑤池老。素質清香碧沼生。
「因我用功摶煉過。堅如鋼鋭徹通靈。鎗刀劍戟渾難賽。
鉞斧戈矛莫敢經。總讓你鈀能利刃。湯著吾鎚迸折釘。

沙和尚見他兩個攀話恐不住近前高叫道那怪物休得浪言古人云口說無憑做出便見不要走且吃我一杖妖邪使鉞桿架住道你也是半路裡出家的和尚沙僧道你怎麼認得妖邪道你這模樣像一個磨博士出身沙僧道如何認得我像個磨博士妖邪道你不是磨博士怎麼會使赶麵杖沙僧罵道你這業障是也不曾見

這般兵器人間少　故此難知寶杖名
出自月宮無影處　梭羅仙木琢磨成
外邊嵌寶霞光耀　內裡鑽金瑞氣凝
先日也曾陪御宴　今朝秉正保唐僧
西方路上無知識　上界宮中有大名
喚做降妖真寶杖　管教一下碎天靈

那妖邪不容分說三人變臉這一場在水底下好殺。
銅鎚寶杖與釘鈀悟能悟淨戰妖邪。一個是天蓬臨世
界。一個是上將降天涯他兩個夾攻水怪施威武這一
個獨抵神僧勢可誇有分有緣成大道相生相尅秉恒
沙。土尅水水乾見底水生木。木旺開花禪法叅修歸一
體還丹炮煉伏三家土是母發金芽金生神水產嬰娃
（說得明白）
水爲本潤木華木有輝煌烈火霞攢簇五行皆別異故
然變臉各爭差看他那銅鎚九瓣光明好寶杖千絲彩
繡佳鈀按陰陽分九曜不明解數亂如麻捐軀棄命因
僧難捨死忘生爲釋迦致使銅鎚忙不墜左遮寶杖右

遮鈀

三人在水底下鬭經兩個時辰不分勝敗猪八戒料道不得羸他對沙僧丟了個眼色二人詐敗徉輸各拖兵器回頭就走那怪教小的們扎住在此等我追趕上這廝拿將來與汝等湊吃噯你看他如風吹敗葉似雨打殘花將他兩個趕出水面那孫大聖在東岸上眼不轉睛只看著河邊水勢忽然見波浪翻騰喊聲號吼八戒先跳上岸道來了來了沙僧也到岸邊道來了來了那妖邪隨後叫那里走纔出頭被行者喝道看棍那妖邪閃身躲過使銅鎚急架相還一個在河邊湧浪一個在岸上施威搭上手未經

三合那妖遮架不住打個花又淬于水裡遂此風平浪息
行者回轉高崖道兄弟們辛苦阿沙僧道哥阿這妖精他
在岸上覺得不濟在水底也儘利害哩我與二哥左右齊
攻只戰得個兩平卻怎麼處置救師父也行者道不必疑
遲恐被他傷了師父八戒道哥哥我這一去哄他出來你
莫做聲但只在半空中等候估著他鑽出頭來卻使個搗
蒜打照他頂門上著著實實一下總然打不死他好道也
護疼發暈卻等老豬趕上一鈀管教他了帳行者道正是
正是這叫做裡迎外合方可濟事他兩個復入水中不題
卻說那妖邪敗陣逃生回歸本宅眾妖接到宮中鱖婆上

前問道大王赶那兩個和尚到那方來妖邪道那和尚原來還有一個幇手他兩個跳上岸去那幇手輪一條鉄棒打我我閃過與他相持也不知他那棍子有多少斤重我的銅鎚莫想架得他住戰未三合我却敗回來也鱖婆道大王可記得那幇手是甚相貌妖邪道是一個毛臉雷公嘴査耳躲折鼻梁火眼金睛和尚鱖婆聞說打了一個寒禁道大王阿虧了你識俊逃了性命若再三合决然不得全生那和尚我認得他妖邪道你認得他是誰鱖婆道我當年在東洋海内曾聞得老龍王說他的名譽乃是五百年前大鬧天宫混元一氣上方太乙金仙美猴王齊天大

聖如今歸依佛教保唐僧往西天取經改名喚做孫悟空行者他的神通廣大變化多端大王你怎麽惹他今後再莫與他戰了說不了只見門裡小妖來報大王那兩個和尚又來門外索戰哩妖精道賢妹所見甚長再不出去看他怎麽急傳令教小的們把門關緊了正是任君門外叫只是不開門讓他遲兩日性懶了回去時我們却不自在受用唐僧也那小妖一齊都搬石頭塞泥塊把門閉好八戒與沙僧連叫不出獃子心焦就使釘鈀築門那門已是緊閉牢關莫想能勾被他七八鈀築破門扇裡面却都是泥土石塊高疊千層沙僧見了道二哥這怪物懼怕之甚

閉門而走我和你且回上河崖再與大哥計較去來八戒
依言徑轉東岸那行者半雲半霧提著鐵棒等哩看見他
兩個上來不見妖怪即按雲頭迎至岸邊問道兄弟那話
兒怎麼不上來沙僧道那妖物緊閉宅門再不出來見面
被二哥打破門扇看時那裡面都是些泥土石塊實實的
築住了故此不能得戰却來與哥哥計議再怎麼設法去
救師父行者道似這般却也無法可治你兩個只在河岸
上巡視著不可放他往別處走了待我去來八戒道哥哥
你往那里去行者道我上普陀巖拜問菩薩看這妖怪是
那里出身姓甚名誰尋著他的祖居拿了他的家屬捉了

他的四隣却來此擒怪救師八戒笑道哥呵這等說只是忒費事擔擱了時辰了行者道管你不費事不擔擱我去就來好大聖急縱祥光躲離河口徑赴南海那里消半個時辰早望見落伽山不遠低下雲頭徑至普陀巖上只見那二十四路諸天與守山大神木叉行者善財童子捧玉龍女一齊上前迎著施禮道大聖何來行者道有事要見菩薩衆神道菩薩今早出洞不許人隨自入竹林裡觀翫知大聖今日必來分付我等在此候接大聖不可就見請在翠巖前聊坐片時待菩薩出來自有道理行者依言還未坐下又見那善財童子上前施禮道孫大聖前蒙盛意

幸菩薩不棄收留早晚不離左右專侍蓮花之下甚得善慈行者知是紅孩兒笑道你那時節魔業迷心今朝得成正果纔知老孫是好人也行者久等不見心焦道列位與我傳報一聲若遲了恐傷吾師之命諸天道不敢報菩薩分付只等他自出來哩行者性急那里等得急縱身往裡便走噫

這個美猴王性急能鵰薄諸天留不住要往裡邊蹕拽步入深林睜眼偷覷著遠觀救苦尊盤坐襯殘箬懶散怕梳妝容顏多綽約散挽一窩絲未曾戴纓絡不掛素藍袍貼身小襖縛漫腰束錦裙赤了一雙脚披肩綉帶

無精光兩臂膊玉手執鋼刀正把竹皮削

行者見了忍不住厲聲高叫道菩薩弟子孫悟空志心朝禮菩薩教外面侯候行者叩頭道菩薩我師父有難特來拜問通天河妖怪根源菩薩道你且出去待我出來行者不敢强只得走出竹林對衆諸天道菩薩今日又重置家事哩怎麽不坐蓮臺不粧飾不喜歡在林裡削篾做甚諸天道我等却不知今早出洞未曾粧束就入林中去了又教我等在此接候大聖必然爲大聖有事行者没奈何只得等候不多時只見菩薩手提一個紫竹籃兒出林道悟空我與你救唐僧去來行者慌忙跪下道弟子不敢催促

且請菩薩著衣登座菩薩道不消著衣就此去也那菩薩撇下諸天縱祥雲騰空而去孫大聖只得相隨頃刻間到了通天河界八戒與沙僧看見道師兄性急不知在南海怎麼亂嚷亂叫把一個未梳粧的菩薩逼將來也說不了到了河岸二人下拜道菩薩我等擅干有罪有罪菩薩即解下一根束襖的絲縧將籃兒拴定提著絲縧半踏雲彩抛在河中往上溜頭扯著口念頌子道死的去活的住死的去活的住念了七遍提起籃兒但見那籃裡亮灼灼一尾金魚還斬眼動鱗菩薩叫悟空快下水救你師父那行者道未曾拿住妖邪如何救得師父菩薩道這籃兒裡不

是八戒與沙僧拜問道這魚兒怎生有那等手段菩薩道他本是我蓮花池裏養大的金魚每日浮頭聽經修成手段那一柄九瓣銅鎚乃是一枝未開的菡萏被他運鍊成兵不知是那一日海潮泛漲走到此間我今早扶欄看花却不見這厮出拜指指掐紋筭着他在此成精害你師父故此未及梳粧運神功織個竹籃兒擒他

與活觀音未梳粧就想誘人假活觀音未梳粧只是害人

行者道菩薩既然如此且待片時我等叫陳家庄衆信人等看看菩薩的金面一則留恩二來說此妖怪之事好教凡人信心供養菩薩道也罷你快去叫來那八戒與沙僧一齊飛跑至庄前高呼道都來看活觀音菩薩都來看活觀音菩薩一庄

老幼男女都到河邊也不顧泥水都跪在裡面磕頭禮拜內中有善圖畫者傳下影神這纔是魚籃觀音現身當時菩薩自歸南海八戒與沙僧分開水路徑往那水黿之第找尋師父原來那裡邊水怪魚精盡皆死爛却入後宮揭開石匣馱著唐僧出離波津與衆相見那陳清兄弟叩頭稱謝道老爺不依小人勸留致令如此受苦行者道不消說了你們這裡人家下年再不用祭賽那大王已此除根永無傷害陳老兒如今纔好累你快尋一隻船兒送我們過河去也那陳清道有有有就教解板打船衆庄客聞得此言無不喜捨那個道我買桅篷這個道我辦篙槳有的

說我出繩索有的說我雇水手正都在河邊上吵鬧忽聽得河中間高叫孫大聖不要打船花費人家財物我送你師徒們過去衆人聽說個個心驚膽小的走了回家膽大的戰兢兢貪看須臾那水裡鑽出一個怪來你道怎生模樣

方頭人物非凡品　九助靈機號水仙
曳尾能延千年壽　潛身靜隱百川淵
翻波跳浪衝江岸　向日朝風臥海邊
養氣含靈真有道　多年粉蓋賴頭黿

那老黿又叫大聖不要打船我送你師徒過去行者輪着鐵棒道我把你這個孽畜若到邊前這一棒就打死你老

鼉道我感大聖之恩情愿辦好心送你師徒你怎麼返要
打我行者道與你有甚恩惠老鼉道大聖你不知這底下
水黿之第乃是我的住宅自歷代以來祖上傳留到我我
因省悟本根養成靈氣在此處修行被我將祖居翻蓋了
一遍立做一個水黿之第那妖邪乃九年前海嘯隨波翻他
赶潮頭來于此處伏逞兇頑與我爭鬭被他傷了我許多
兒女奪了我許多眷族我鬭他不過將巢穴白白的被他
占了今蒙大聖至此答救唐師父請了觀音菩薩掃淨妖
氣收去怪物將第宅還歸于我我如今團圓老小再不須
挨土幫泥得居舊舍此恩重若丘山深如大海今不但我

等蒙恩只這一庄上人免得年年祭賽全了多少人家兒女此誠所以謂一舉而兩得之恩也敢不報答行者聞言心中暗喜收了鐵棒道你端的是眞實之情麽老黿道因大聖恩德洪深怎敢虗謬行者道既是眞情你朝天賭咒那老黿張著紅口朝天發誓道我若眞情不送唐僧過此通天河將身化爲血水行者笑道你上來你上來老黿却纔負近岸邊將身一縱爬上河崖衆人近前觀看有四丈圍圓的一個大白盖行者道師父我們上他身渡過去也三藏道徒弟呀那層冰厚凍尚且邅迍况此黿背恐不穩便老黿道師父放心我比那層冰厚凍穩得緊哩但歪一

歪不成功果行者道師父呵凡諸衆生會説人話决不打謊語今人却會打謊語教兄弟們快牽馬來到了河邊陳家庄老幼男女一齊來拜送行者教把馬牽在白黿蓋上請唐僧站在黿的頸項左邊沙僧站在右邊八戒站在馬後行者站在馬前又恐那黿無禮解下虎筋絛子穿在老黿的鼻之内扯起來像一條韁繩却使一隻脚踏在蓋上一隻脚登在頭上一隻手執著鉄棒一隻手扯著韁繩叫道老黿慢慢走呵歪一歪兒就照頭一下老黿道不敢不敢他却登開四足踏水面如行平地衆人都在岸上焚香叩頭都念南無阿彌陀佛這正是真羅漢臨凡活菩薩出現衆人只拜的望

不見形影方回不題却說那師父駕著白黿那消一日行過了八百里通天河界乾手乾脚的登岸三藏上崖合手稱謝道老黿累你無物可贈待我取經回謝你罷老黿道不勞師父賜謝我聞得西天佛祖無滅無生能知過去未來之事我在此間整修行了一千三百餘年雖然延壽身輕會說人話只是難脫本殼萬望老師父到西天與我問佛祖一聲看我幾時得脫本殼可得一個人身三藏响允道我問我問那老黿才淬水中去了行者遂伏侍唐僧上馬八戒挑著行囊沙僧跟隨左右師徒們找大路一直奔西這的是

着眼人身這樣難得

聖僧奉旨拜彌陀　水遠山遥災難多，
意志心誠不懼死　白黿馱渡過天河。

畢竟不知此後還有多少路程，還有甚麽凶吉，且聽下回分解。

總評

你看老黿，修了一千三百餘年，尚且不得人身，人身如此難得，緣何今人把這身了不作一錢看待，真可爲之痛哭流涕。語曰：一失足時千古恨，再回頭是百年身。警省警省。

第五十回

情亂性從因愛慾　神昏心動遇魔頭

心地頻頻掃塵情細細除莫教坑塹陷毘盧常淨常清淨方可論元初性燭須挑剔曹溪任吸呼勿令猿馬氣聲粗晝夜綿綿息方顯是功夫

這一首詞牌名南柯子单道著那唐三藏脫却通天河寒氷之災踏白黿負登彼岸師徒四衆順著大路望西而進正遇嚴冬之景但見那林光漠漠烟中淡山骨稜稜水外清師徒們正當行處忽然又遇一座大山阻住去道路窄崖高石多嶺峻人馬難行三藏在馬上兜住韁繩叫聲徒

弟那孫行者引猪八戒沙和尚近前侍立道師父有何分付三藏道你看前面山高恐有虎狼作怪妖獸傷人今番是必仔細行者道師父放心莫慮我等兄弟三人心和意合歸正求真使出傷怪降妖之法怕甚麼虎狼妖獸三藏聞言只得放懷前進到于谷口促馬登崖擡頭仔細觀看好山

嵯峨矗矗巒削巍巍嵯峨矗矗衝霄漢巒削巍巍礙碧空怪石亂堆如坐虎蒼松斜掛似飛龍嶺上鳥啼嬌韻美崖前梅放異香濃澗水潺湲流出冷巔雲黯淡過來兇又見那飄飄雪凜凜風咆哮餓虎出山中寒鴉揀樹

著眼

無棲處埜鹿尋窩没定踪可歎行人難進步皺眉愁臉
抱頭蒙
師徒四衆冒雪冲寒戰澌澌行過那巔峰峻嶺遠望見山
凹中有樓臺高聳房舍清幽唐僧馬上欣然道徒弟啊這
一日又飢又寒幸得那山凹裏有樓臺房舍斷乎是莊戶
人家菴觀寺院且去化些齋飯吃了再走行者聞言急睁
睛看只見那壁廂兇雲隱隱惡氣紛紛回首對唐僧道師
父那廂不是好處三藏道見有樓臺亭宇如何不是好處
行者笑道師父呵你那里知道西方路上多有妖怪邪魔
善能點化莊宅不拘甚麽樓臺房舍舖閣亭宇俱能指化

了共人、你知道龍生九種內有一種名蜃蜃氣放光就如樓閣淺池若遇大江昏迷蜃現此勢、倘有烏鵲飛騰、定來歇翅那怕你上萬論千盡被他一氣吞之、此意害人最重、那壁廂氣色兇惡、斷不可去三藏道、既不可入、我卻著實飢了、行者道師父果飢、且請下馬、就在這平處坐下待我別處化些些齋來你吃、三藏依言下馬、八戒採定韁繩沙僧放下行李、即去解開包袱、取出鉢盂遞與行者、行者接鉢盂在手、分付沙僧道、賢弟却不可前進、好生保護師父穩坐於此、待我化齋回來、再往西去、沙僧領諾、行者又向三藏道、師父這去處少吉多凶、切莫要動身別往、老孫化齋去也唐僧道不必多言但要你快去快來我在這里等你行者轉身欲行却又回來道師父我知你沒甚坐性我與你個安身法兒即取金箍棒幌了一幌將那平地下週圍畫了一道圈子請唐僧坐在中間着八戒沙僧侍立左右把馬與行李都放在近身對唐僧合掌道老孫畫的這圈強似那銅牆鐵壁憑他甚麼虎豹狼虫妖魔鬼怪俱莫敢近但只不許你們走出圈外只在中間穩坐保你無虞但若出了圈兒定遭毒手千千萬萬至祝至祝三藏依言師徒俱端然坐下行者按起雲頭尋庄化齋一值南行忽見那古樹參天乃一村庄舍按下雲頭仔細觀看但只見

雪欺衰柳，氷結方塘，疎疎修竹搖青，鬱鬱喬松凝翠。幾間茅屋半粧銀，一座小橋斜砌粉。籬邊微吐水仙花，簷下長垂氷凍筯。颼颼寒風送異香，雪漫不見梅開處。行者隨步觀著庄景，只聽得呀的一聲，柴扉响處，走出一個老者，手拖藜杖，頭頂羊裘，身穿破衲，足踏蒲鞋，拄著杖仰身朝天道：西北風起，明日晴了。（如畫）說不了，後邊跑出一個哈巴狗兒來，望著行者汪汪的亂吠。老者却纔轉過頭來，看見行者，捧著鉢盂，打個問訊道：老施主，我和尚是東土大唐欽差上西天拜佛求經者，適路過寶方，我師父腹中飢餒，特造尊府，募化一齋。老者聞言，點頭頓杖道：長老

且休化齋你走錯路了行者道不錯老者道往西天大路
在那直北下此間到那里有千里之遥還不去找大路而
行行者笑道正是直北下我師父現在大路上端坐等我
化齋哩那老者道這和尚胡說了你師父在大路上等你
化齋似這千里之遥就會走路也須得六七日走回去又
要六七日却不餓壞他也行者笑道不瞞老施主說我纔
然離了師父還不尚一盞熱茶之時却就走到此處如今
化了齋還要趕去作午齋哩老者見說心中害怕道這和
尚是鬼是鬼急抽身往裡就走行者一把扯住道施主那
里去有齋求化些兒老者道不方便不方便別轉一家兒

羅行者道你這施主好不會事你說我離此有千里之遥若再轉一家卻不又有千里真是餓殺我師父也那老者道實不瞞你說我家老小六七口纔淘了三升米下鍋還未曾煮熟你且到別處轉轉再來行者道古人云走三家不如坐一家我貧僧在此等一等罷那老者見纏得緊惱了掣黎杖就打行者公然不懼被他照光頭上打了七八下只當與他搔癢那老者道這是個撞頭的和尚行者笑道老官兒憑你怎麼打只要記得杖明白一杖一升米慢慢量來那老者聞言急丟了黎杖跑進去把門關了只嚷有鬼有鬼慌得那一家兒戰戰兢兢把前後門俱關上行

者見他關了門心中暗想這老賊纔説淘米下鍋不知是虛是實常言道道化賢良釋化愚（名言）且等老孫進去看看好大聖捻著訣使個隱身遁法徑走入廚中看處果然那鍋裏氣騰騰的煮了半鍋乾飯就把鉢盂往裏一掟滿滿的掟了一鉢盂即駕雲回轉不題却説唐僧坐在圈子裡等待多時不見行者回來欠身悵望道這猴子往那里化齋去了八戒在傍笑道知他往那里耍子去來化甚麼齋却教我們在此坐牢三藏道怎麼謂之坐牢八戒道師父你原來不知古人劃地爲牢他將棍子劃個圈兒強似鐵壁銅墻假如有虎狼妖獸來時如何擋得他住只好白白的

送與他吃罷了三藏道悟能憑你怎麽處治八戒道此間
又不藏風又不避冷若依老豬只該順著路往西且行師
兄化了齋駕了雲必然來快讓他赶來如有齋吃了再走
如今坐了這一會老大脚冷三藏聞此言就是晦氣星進
了遂依獃子一齊出了圈外八戒牽了馬沙僧挑了担那
長老順路步行前進不一時到了樓閣之所却原來是坐
北向南之家門外八字粉墻有一座倒垂蓮升斗門樓都
是五色粧的那門兒半開半掩八戒就把馬拴在門枕石
鼓上沙僧歇了担子三藏畏風坐于門檻之上八戒道師
父這所在想是公侯之宅相輔之家前門外無人想必都

在裏面烘火你們坐著讓我進去看看唐僧道仔細些莫要冲撞了人家獃子道我曉得自從歸正禪門這一向也學了些禮數不比那村莽之夫也那獃子把釘鈀撒在腰裡整一整青錦直裰斯斯文文走入門裏只見是三間大廳簾櫳高控靜悄悄全無人跡也無棹椅家火轉屏門往裡又走乃是一座穿堂堂後有一座大樓樓上窗格半開隱隱見一頂黃綾帳幔獃子道想是有人怕冷還睡哩他也不分內外拽步走上樓來用手掀開看時把獃子諕了一個躘踵原來那帳裡象牙牀上白媸媸的一堆骸骨骷髏有巴斗大腿挺骨有四五尺長獃子定了性止不住腮

遊淚落對骷髏點頭嘆云你不知是

那代那朝元帥體何邦何國大將軍當時豪傑爭強勝

今日凄涼露骨筋不見妻兒來侍奉那逢士卒把香焚

設觀這等真堪嘆可惜興王霸業人

八戒正纔感嘆只見那帳幔後有火光一幌獃子道想是有侍奉香火之人在後面哩急轉步過帳觀看都是穿樓的隔扇透光那壁廂有一張彩漆的桌子桌子上亂搭著幾件錦繡綿衣獃子提起來看時郤是三件納錦背心兒他也不管好歹拿下樓來出廳房徑到門外道師父這里全沒人烟是一所亡靈之宅老猪走進裡面直至高樓之

上黃綾帳內有一堆骸骨串樓傍有三件納錦的背心被我拿來了也是我們一程兒造化此時天氣寒冷正當用處師父且脫了褊衫把他且穿在底下受用受用免得吃冷三藏道不可不可律云公取竊取皆為盜倘或有人知覺赶上我們到了當官斷然是一個竊盜之罪還不送進去與他搭在原處我們在此避風坐一坐等悟空來時走路出家人不要這等愛小八戒道四顧無人雖雞犬亦不

悟能偷心未盡

知之惟只我們知道誰人告我有何証見就如拾得的一般那里論甚麼公取竊取也三藏道你胡做呵雖是人不知之天何蓋焉玄帝垂訓云暗室虧心神目如電趁早送

去還他莫愛非禮之物那鈌子莫想肯聽對唐僧笑道師
父呵我自為人也穿了幾件背心不曾見這等納錦的你
不穿且等老猪穿一穿試試新護護脊背等師兄來脫了
還他走路沙僧道既如此說我也穿一件兒兩個齊脫了
上盖直裰將背心套上纔緊帶子不知怎麼立站不穩撲
的一跌原來這背心兒賽過綁縛手霎時間把他兩個背
剪手貼心綳了慌得個三藏跌足報怨急忙忙前來解那
里便解得開三個人在那里吆喝之聲不絕却早驚了魔
頭也話說那座樓房果是妖精點化的終日在此拿人他
在洞裏正坐忽聞得怨恨之聲急出門來看果見綳住幾

個人了妖魔即與小妖同到那廂收了樓臺房屋之形把唐僧攙住牽了白馬挑了行李將八戒沙僧一齊捉到洞裏老妖魔登臺高坐衆小妖把唐僧推近臺邊跪伏于地妖魔問道你是那方和尚怎麼這般胆大白日裡偷盗我的衣服三藏滴淚告曰貧僧是東土大唐欽差往西天取經的因腹中饑餓著大徒弟去化齋未回不曾依得他的言語悞撞仙庭避風不期我這兩個徒弟愛小拿出這衣物貧僧决不敢壞心當教送還本處他不聽吾言要穿此護護脊背不料中了大王機會把貧僧拿來萬望慈憫留我殘生求取真經永註大王恩情回東土千古傳揚也那

妖魔笑道我這里常聽得人言有人吃了唐僧一塊肉髮白還黑齒落更生幸今日不請自來還指望饒你哩你那大徒弟叫做甚麽名字往何方化齋八戒聞言即開口稱揚道我師兄乃五百年前大鬧天宮齊天大聖孫悟空也那妖魔聽說是齊天大聖孫悟空老大有些悚懼口內不言心中暗想道久聞那厮神通廣大如今不期而會教小的們把唐僧綑了將那兩個解下寶貝換兩條繩子也綑了且擡在後邊待我拿住他大徒弟一發刷洗却好湊些蒸吃衆小妖答應一聲把三人一齊綑了擡在後邊將白馬拴在槽頭行李挑在屋裡衆妖都磨兵器準備擒拿行

者不題、却說孫行者、自南庄人家、攝了一鉢盂齋飯、駕雲回返舊路、徑至山坡平處、按下雲頭、早已不見唐僧不知何、往棍劃的圈子還在、只是人馬都不見了、回看那樓臺處所、亦俱無矣、惟見山根怪石、行者心驚道、不消說了、他們定是遭那毒手也、急依路看著馬蹄向西而趕、行有五六里、正在悽愴之際、只聞得北坡外、有人言語、看時乃一個老翁、氊衣蓋體、煖帽蒙頭、足下踏一雙半新半舊的油靴、手持著一根龍頭拐棒、後邊跟一個年幼的童僕、折一枝臘梅花、自坡前念歌而走、行者放下鉢盂、覿面道個問訊、叫老公公、貧僧問訊了、那老翁即便回禮道長老、那里來的、行者道我們東土來的、往西天拜佛求經、一行師徒四衆、我因師父饑了、特去化齋教他三衆坐在那山坡平處相候、及回來不見、不知往那條路上去了、動問公公可曾看見、老者聞言、呵呵冷笑道、你那三衆可有一個長嘴大耳的麼、行者道有有有、又有一個晦氣色臉的、牽著一匹白馬、領著一個白臉的胖和尚麼、行者道是是是、老翁道他們走錯了路、你休尋他、各人顧命去也、行者道那白臉者是我師父、那恠樣者是我師弟、我與他共發虔心、要往西天取經、如何不尋他去、老翁道、我纔然從此過時、看見他錯走了路徑、闖入妖魔口裏去了、行者道煩公公指敎指敎、是個甚麼妖魔、居于何方、我好上門取索他等往西天去也老翁道這座山、叫做金兜山、山前有個金兜洞、那洞中有一個獨角兕大王、那大王神通廣大、威武高強、那三衆那回斷沒命了、你若去尋、只怕連你也難保、不如不去之爲愈也、我也不敢阻你、也不敢留你、只憑你心中度量、行者再拜稱謝道、多蒙公公指敎、我豈有不尋之理、把這齋飯倒與他、將這空鉢盂自家收拾、那老翁放下拐棒、接了鉢盂、遞與僮僕、現出本相、雙雙跪下、叩頭叫大聖、小神不敢隱瞞、我們兩個就是此山山神土地、在此候接大聖、這齋飯連鉢盂、小神收下、讓大聖身輕、好施法力、待救唐僧出難、將此齋還奉唐僧、方顯得大聖至恭至孝、行者喝道、你這毛鬼討打、既知我到、何不早迎、却又這般藏頭露尾、是甚道理、土地道、大聖性急、小神不敢造次、恐犯威顏、故此隱像告知、行者息怒道、你且記打、好生與我妝著鉢盂、待我拿那妖精去來、土地山神遵領、這大聖却纔束一束虎觔絛、拽起虎皮裙、執著金箍棒、徑奔山前找尋妖洞、轉過山崖、只見那亂石磷磷、翠崖邊有兩扇石門、門外有許多小妖、在那里輪鎗舞劍、真個是

煙雲凝瑞、苔蘚堆青、崚嶒怪石列、崎嶇曲道縈、猿嘯鳥啼風景麗、鸞飛鳳舞若蓬瀛、向陽幾樹梅初放、弄暖千

竿竹自青、陡崖之下、深澗之中、陡崖之下雪堆粉、深澗之中水結氷、兩林松栢千年秀、幾處山茶一樣紅、這大聖觀看不盡、拽開步徑至門前、厲聲高叫道、那小妖你快進去與你那洞主說、我本是唐朝聖僧徒弟齊天大聖孫悟空、快教他送我師父出來、免教你等丧了性命、那夥小妖急入洞裏報道、大王前面有一個毛臉尖嘴的和尚、稱是齊天大聖孫悟空、來要他師父哩、那魔王聞得此言、滿心懽喜道、正要他來哩、我自離了本宮、下降塵世、更不曾試試武藝、今日他來、必是個對手、即命小妖們取出兵器、那洞中大小羣魔、一個個精神抖擻、即忙擡出一根丈二長的點鋼鎗遞與老怪老怪傳令、教小的們、各要整齊、進前者賞退後者誅衆妖得令、隨著老怪走出門來叫道、那個是孫悟空、行者在傍閃過、見那魔王生得好不兇醜、

獨角參差、雙眸幌亮、頂上粗皮突、耳根黑肉光、舌長時攪鼻、口濶版牙黄、毛皮青似靛、觔攣硬如鐵、比犀難照水、像牯不耕荒、全無喘月犁雲用、倒有欺天振地強、兩隻焦觔藍靛手、雄威直挺點鋼鎗、細看這等兇模樣、不枉名稱兕大王、

孫大聖上前道、你孫外公在這里也、快早還我師父兩無

毀傷、若道半個不字、我教你死無葬身之地、那魔喝道、我把你這個大胆潑猴精、你有些甚麼手段、敢出這般大言、行者道、你這潑物、是也不曾見我老孫的手段、那妖魔道、你師父偷盜我的衣服、實是我拿住了、如今待要蒸吃、你是個甚麼好漢、就敢上我的門來取討、行者道、我師父乃忠良正直之僧、豈有偷你甚麼衣服之理、妖魔道、我在山路邊點化一座仙庄、你師父潛入裏面、心愛情慾、將我三領納錦綿裝背心兒、偷穿在身、見有贓証、故此我纔拿他、你今果有手段、即與我比勢、假若三合敵得我、饒了你師之命、如敵不過、我教你一路歸陰、行者笑道、潑物不須講

口但說比勢、正合老孫之意、走上來、吃吾之棒、那怪物那怕甚麼賭鬬、挺鋼鎗、劈面迎來、這一塲好殺、你看那

金箍棒、舉長桿鎗迎、金箍棒舉亮爍爍似雷掣金蛇、長桿鎗迎、明幌幌如龍離出海、那門前小妖擂鼓排開陣勢助威風、這壁廂大聖施功、使出縱横逞本事、他那里一桿鎗、精神抖擻、我這里一條棒、武藝高强、正是英雄相遇英雄漢、果然對手纔逢對手人、那魔王口噴紫氣盤煙霧、這大聖眼放光華結繡雲、只為大唐僧有難、兩家無義苦爭輪、

他兩個戰經三十合、不分勝負、那魔王見孫悟空棒法齊

整、一往一來、全無些破綻、喜得他連聲喝采道、好猴兒、好猴兒、真個是那鬧天宮的本事、這大聖也愛他鎗法不亂、右遮左攩、甚有解數、也叫道、好妖精、好妖精、果然是一個偷丹的魔頭、二人又鬭了一二十合、那魔王把鎗尖點地、喝令小妖齊來、那些潑怪一個個拿刀弄杖、執劍輪鎗、把個孫大聖圍在中間、行者公然不懼、只叫來得好、來得好、正合吾意、使一條金箍棒、前迎後架、東攩西除、那夥群妖、莫想肯退、行者忍不住焦躁、把金箍棒丟將起去、喝聲變、即變作千百條鐵棒、好便似飛蛇走蟒、盈空裡亂落下來、那夥妖精見了、一個個魄散魂飛、抱頭縮頸、盡往洞中逃命、老魔王、唏唏冷笑道、那猴不要無禮看手段、即忙袖中取出一個亮灼灼白森森的圈子來、望空拋起叫聲著吻喇一下、把金箍棒收做一條套將去了、弄得孫大聖赤手空拳、翻觔斗逃了性命、那妖魔得勝囘歸洞行者朦朧失主張這正是

說出
道高一尺魔高丈　性亂情昏錯認家
可恨法身無坐位　當時行動念頭差

畢竟不知這番怎麽結果、且聽下囘分解

總評

篇中云道高一尺魔高丈的是名言若無彼丈魔亦

第五十一回

心猿空用千般計　水火無功難煉魔

話說齊天大聖空著手。敗了陣。來坐于金兜山後。撲梭梭兩眼滴淚。叫道師父阿。指望和你

佛恩有德有和融。同幼同生意莫窮。同住同修同解脫
同慈同念顯靈功。同緣同相心真契。同見同知道轉通
豈料如今無主杖。空拳赤脚怎興隆。

大聖悽慘多時。心中暗想道那妖精認得我。我記得他在陣上誇奬道真箇是鬧天宮之類。這等呵決不是凡間怪物。定然是天上兇星。想因思凡下界。又不知是那里降下

來魔頭且須去上界查勘查勘。行者這纔是以心問心。自張自主。急翻身縱起祥雲。直至南天門外。忽擡頭見廣目天王當面迎著長揖道大聖何往。行者道。有事要見玉帝你在此何幹。廣目道。今日輪該巡視南天門。說末了又見那馬趙溫關四大元帥作禮道大聖失迎請待茶。行者道有事哩。遂辭了廣目并四元帥。徑入南天門裏直至靈霄殿外果又見張道齡葛仙翁許旌陽丘弘濟。四天師並南斗六司北斗七元都在殿前迎著行者一齊起手道大聖如何到此。又問保唐僧之功完否。行者道早哩早哩路遙魔廣纔有一半之功見如今阻住在金兜山金兜洞有一箇兒怪。把唐師父拿于洞裏。是老孫尋上門。與他交戰一場那廝的神通廣大把老孫的金箍棒搶去了因此難縛魔王。疑是上界那箇兇星思凡下界。又不知是那里降來的魔頭老孫因此來尋尋玉帝問他箇鈐束不嚴許旌陽笑道這猴頭還是如此放刁。行者道不是放刁我老孫一生是這口兒緊此纔尋的著箇頭兒張道陵道不消多說只與他傳報便了行者道多謝多謝當時四天師傳奏靈霄引見玉陛行者朝上唱箇大喏道老官兒累你累你我老孫保護唐僧往西天取經一路凶多吉少也不消說於今來在金𡸁山金𡸁洞有一兒怪把唐僧拿在洞裏不知

是要蒸要煮要晒。是老孫尋上他門。與他交戰。那怪却說
有些、認得老孫。眞是神通廣大。把老孫的金箍棒搶去。因
此難縛妖魔。疑是天上兇星思凡下界。爲此老孫特來啟
奏。伏乞天尊垂慈洞鑒。降旨查勘兇星。發兵收勦妖魔。老
孫不勝戰慄屏營之至。却又打箇深躬道。以聞。傍有葛仙
翁笑道。猴子是何前倨後恭。行者道。不敢不敢。不是甚前
倨後恭。老孫於今是沒棒弄了。彼時玉皇天尊聞奏。即忙
降旨可韓司知道。既如悟空所奏。可隨查諸天星斗各宿
神王。有無思凡下界。隨即覆試施行以聞。可韓丈人眞君
領旨。當時即同大聖去查。先查了四天門門上神王官吏

査了三徵垣垣中大小尊眞，又査了雷霆官將陶張辛
鄧苟畢龐劉，最後纔査三十三天，天天自在，又査二十八
宿：東七宿，角亢氐房心尾箕，西七宿，斗牛女虛危室壁，南
七宿，北七宿，宿宿安寧，又査了太陽太陰，水火木金土七
政羅睺計都炁孛四餘，滿天星斗，並無愚凡下界行者道
既是如此，我老孫也不消上那靈霄寶殿，打攪玉皇大帝
深爲不便，你自回青去罷，我只在此等你回話便了。那可
韓丈人頂君依命，孫行者等候良久，作詩紀興曰：
的是好詩然今日山人中極多對手
風清雲霽樂昇平，神靜星明顯瑞禎，河漢安寧天地泰
五方八極偃戈旌。

那可韓司丈人眞君歷歷查勘回奏玉帝道滿天星宿不少各方神將皆存並無思凡下界者玉帝聞奏著孫悟空挑選幾員天將下界擒魔去也四大天師奉旨意卽出靈霄寶殿對行者道大聖呵玉帝寬恩言天宮無神思凡着你挑選幾員天將擒魔去哩行者低頭暗想道天上將不

意矣小人他天上眾人也下更富何知

如老孫者多勝似老孫者少想我鬧天宮時玉帝遣十萬天兵佈天羅地網更不曾有一將敢與我比手向後來調了小聖二郎方是我的對手如今那怪物手段又强似老孫却怎麽得能勾取勝詐旌陽道此一時彼一時不同也常言道一物降一物哩你好違了旨意但憑高見選用

天將勿得遲疑悞事行者道既然如此深感上恩果是不好違旨一則老孫又不空走這遭煩旌陽轉奏玉帝只教托塔天王與哪吒太子他還有幾件降妖兵器且下界去與那怪見一仗以看如何果若能擒得他是老孫之幸若不能那時再作區處真箇那天師啓奏玉帝玉帝即令李天王父子率領衆部天兵與行者助力那天王即奉旨來會行者行者又對天師道蒙玉帝遣差天王謝之不盡還有一事再煩轉達但得兩箇雷公使用等天王戰鬭之時教雷公在雲端裏下箇雷揳照頂門上錠死那妖魔深爲良計也天師笑道好好好天師又奏玉帝傳旨教九天府

下點鄧化張蕃二雷公與天王合力縛妖救難遂與天王孫大聖徑下南天門外頃刻而到行者道此山便是金峴山山中間乃是金峴洞列位商議却教那個先去索戰天王停下雲頭扎住天兵在于山南坡下道大聖素知小兒哪吒曾降九十六洞妖魔善能變化隨身有降妖兵器須教他先去出陣行者道既如此等老孫引太子去來那太子抖擻雄威與大聖跳在高山徑至洞口但見那洞門緊閉崖下無精行者上前高叫潑魔快開門還我師父來也那洞裡把門的小妖看見急報道大王孫行者領着一個小童男在門前叫戰哩那魔王道這猴子鐵棒被我奪了

空手難爭，想是請得救兵來也。叫：取兵器。魔王綽鎗在手，走到門外觀看，那小童男生得相貌清奇，十分精壯。真個是

玉面嬌容如滿月，朱唇方口露銀牙。眼光掣電睛珠暴，額闊凝霞髮髻髽。繡帶舞風飛彩焰，錦袍映日放金花。環縧灼灼攀心鏡，寶甲輝輝襯戰靴。身小聲洪多壯麗，三天護教惡哪吒。

魔王笑道：你是李天王第三個孩兒，名喚做哪吒太子。卻如何到我這門前呼喝？太子道：因你這潑魔作亂，困害東土聖僧，奉玉帝金旨，特來拿你。魔王大怒道：你想是孫悟

空請來的我就是那聖僧的魔頭哩量你這小兒曹有何武藝敢出胡言不要走喫我一鎗這太子使斬妖劍劈手相迎他兩個搭上手卻纔賭鬭那大聖急轉山坡叫雷公何在快早去著妖魔下個雷撊助太子降伏來也鄧張二公師踏雲光正欲下手只見那太子使出法來將身一變變作三頭六臂手持六般兵器望妖魔砍來那魔王也變作三頭六臂三柄長鎗抵住這太子又弄出降魔法力將六般兵器拋將起去是那六般兵器卻是砍妖劍斬妖刀縛妖索降魔杵繡毬火輪兒大叫一聲變一變十十變百百變千千變萬都是一般兵器如驟雨冰雹紛紛密密望

妖魔打將去。那魔王公然不懼。一隻手取出那白森森的圈子來。望空拋起。叫聲着。唿喇的一下。把六般兵器套將下來。慌得那哪吒太子。赤手逃生。魔王得勝而回。鄧張二雷公在空中暗笑道。早是我先看頭勢。不曾放了雷楔。假若被他套將去。卻怎麼回見天尊。（刻雷公如此尖說。誰道不消雷行。）二公按落雲頭。與太子來山南坡下。對李天王道。妖魔果神通廣大。悟空在傍笑道。那廝神通也只如此。爭奈那個圈子利害。不知是甚麼寶貝。丟起來。套套諸物。哪吒恨道。這大聖甚不成人。我等折兵敗陣。十分煩惱。都只為你。你反喜笑何也。行者道。你說煩惱。終不然我老孫不煩惱。我如今沒計奈何。哭不得。

所以只得笑也天王道似此怎生結果行者道憑你等再怎計較只是圈子套不去的就可拿住他了天王道套不去若惟水火最利常言道水火無情行者聞言道說得有理你且穩坐在此待老孫再上天走走來鄧張二公道又去做甚的行者道老孫這去不消啓奏玉帝只到南天門裡上彤華宮請熒惑火德星君來此放火燒那怪物一場或者連那圈子燒做灰燼捉住妖魔一則取兵器還汝等歸天二則可解脫吾師之難太子聞言甚喜道不必遲疑請大聖早去早來我等只在此拱候行者縱起祥光又至南天門外那廣目與四將迎道大聖如何又來行者道李

天王着太子出師只一陣被那魔王把六件兵器都擄去了我如今要到彤華宮請火德星君助陣哩四將不敢久留讓他進去至彤華宮只見火部衆神即入報道孫悟空欲見主公那南方三炁火德星君整衣出門迎進道昨日可韓司查點小宮更無一人思凡行者道已知但李天王與太子敗陣失了兵器特來請你救援救援星君道那哪吒乃三壇海會大神他出身時曾降九十六洞妖魔神通廣大若他不能小神又怎敢望也行者道因與李天王計議天地間至利者惟水火也那怪物有一個圈子善能套人的物件不知是甚麽寶貝故此説火能滅諸物特請星

可笑李王亦有一

圈子善能套人物件人亦知否

君領火部到下方縱火燒那妖魔救我師父一難火德星君聞言即點本部神兵同行者到金㠊山南坡下與天王雷公等相見了天王道孫大聖你還去叫那廝出來等我與他交戰待他拿動圈子我卻閃過教火德帥衆燒他行者笑道正是我和你去來火德共太子鄧張二公立于高峰之上與他挑戰這大聖到了金㠊洞口叫聲開門快早還我師父那小妖又急通報道孫悟空又來了那魔帥衆出洞見了行者道你這潑猴又請了甚麼兵來耶這壁廂轉上托塔天王喝道潑魔頭認得我麼魔王笑道李天王想是要與你令郎報仇欲討兵器麼天王道一則報仇要

兵器，二來是拿你救唐僧。不要走，吃我一刀。那怪物側身躲過，挺長鎗隨手相迎。他兩個在洞前這場好殺。你看那天王刀砍妖怪鎗迎，刀砍霜光噴烈火，鎗迎銳氣迸愁雲。一個是金兜山生成的惡怪，一個是靈霄殿差下的天神。那一個因欺禪性施威武，這一個為救師災展大輪。天王使法飛沙石，魔怪爭強播土塵。播土能教天地暗，飛沙善着海江渾。兩家努力爭功績，皆為唐僧拜世尊。

那孫大聖見他兩個交戰，即轉身跳上高峰，對火德星君道：三烝用心着，你看那個妖魔與天王正鬪到好處，却又

取出圈子來天王看見即攙祥光敗陣而走這高峰上火德星君忙傳號令教衆部火神一齊放火這一場真個利害好火

着眼

經云南方者火之精也雖星星之火能燒萬頃之田乃三炁之威能變百端之火今有火鎗火刀火弓火箭各部神祇所用不一但見那半空中火鴉飛噪滿山頭火馬奔騰雙雙赤鼠對對火龍雙雙赤鼠噴烈焰萬里通紅對對火龍吐濃烟千方共黑火車兒推出火葫蘆撒開火旗搖動一天霞火棒攪行盈地燎說甚麽寧戚鞭牛勝强似周郎赤壁這個是天火非凡真利害烘烘焮

燄火風紅。
那妖魔見火來。全無恐懼將圈子望空抛起。唿喇一聲。把
這火龍火馬。火鴉火鼠。火鎗火刀。火弓火箭。一圈子又套
將下去。轉回本洞。得勝收兵這火德星君手執着一桿空
旗。招回衆將。會合天王等。坐于山南坡下。對行者道。大聖
啊這個兇魔眞是罕見。今折了火具怎生是好行者笑
道。不消報怨。列位且請寬坐坐。待老孫再去去來。天王道
你又往那里去。行者道那怪物既不怕火。斷然怕水。常言
道水能剋火等老孫去北天門裡請水德星君施布水勢
往他洞裡一灌。把魔王淹死。取物件還你們天王道此計

雖妙。但恐連你師父都渰殺也行者道沒事。渰死我師。我自有個法兒救他活來。如今稽遲列位甚是不當。火德道既如此且請行請行。好大聖又駕觔斗雲。徑到北天門外忽擡頭見多聞天王。向前施禮道孫大聖何往。行者道有一事。要入烏浩宮見水德星君你在此作甚多聞道今日輪該巡視正說處又見那龐劉苟畢四大天將。進禮邀茶行者道不勞不勞。我事急矣。遂別却諸神。直至烏浩宮。着水部衆神即時通報衆神報道齊天大聖孫悟空來了。水德星君聞言。即將查點四海五湖八河四瀆三江九派。並各處龍王俱遣退。整冠束帶接出宮門迎進宮內道昨

可韓司查勘小宮恐有本部之神思凡作怪正在此緝查
○又○一○小○變○極○是○若○與○火○災一劍便可擬矣
江海河瀆之神尚未完也行者道那魔王不是江河之神
此乃廣大之精先蒙玉帝差李天王父子並兩個雷公下
界擒拿被他弄個圈子將六件神兵套去老孫無奈又上
彤華宮請火德星君帥火部衆神放火又將火龍火馬等
物一圈子套去我想此物既不怕火必然怕水特來告請
星君施水勢與我捉那妖精取兵器歸還天將吾師之難
亦可救也水德聞言即令黃河水伯神王隨大聖去助功
水伯自衣袖中取出一個白玉盂兒道我有此物盛水行
者道看這盂兒能盛幾何妖魔如何淹得水伯道不瞞大

聖說我這一盂乃是黃河之水。半盂就是半河。一盂就是一河。行者喜道。只消半盂足矣。遂辭別水德與黃河神急離天闕。那水伯將盂兒望黃河舀了半盂。跟行者至金兜山。向南坡下見了天王太子雷公火德。具言前事。行者道。不必細講。且放水伯跟我去。待我叫開他門。不要等他出來。就將水往門裡一倒。那怪物一窩子可都渰死。我却去撈師父的屍首。再救活不遲。那水伯依命。緊隨行者。轉山坡。徑至洞中。叫聲妖怪開門。那把門的小妖。聽得是孫大聖的聲音。急又去報道。孫悟空又來矣。那魔聞說。帶了寶貝。綽鎗就走。响一聲。開了石門。這水伯將白玉盂向裡一領那妖見是水來撒了長鎗即忙取出圈子撐住二門只見那股水骨都都的只往外泛將出來慌得孫大聖急縱觔斗與水伯跳在高峰那天王同衆都駕雲停于高峰之前觀看那水波濤泛漲着實狂瀾好水眞個是

一勺之多果然不測蓋唯神功運化利萬物而流漲百川只聽得那潺潺聲振谷又見那滔滔勢漫天雄威响若雷奔走猛湧波如雪捲顛千丈波高漫路道萬層濤激泛山巖冷冷如漱玉滾滾似鳴絃觸石滄滄噴碎玉回湍渺渺旋窩圓低低凹凹隨流蕩橫瀾平溝上下連

行者見了心慌道不好呵水漫四野渰了民田未曾灌在

他的洞裡怎奈之何喚水伯急忙收水水伯道小神只會放水却不會收水常言道潑水難收咦那座山却也高峻這場水只奔低流須臾間四散而歸澗壑又只見那洞外跳出幾個小妖在外邊吆吆喝喝伸拳捋袖弄棒拈鎗依舊喜喜歡歡耍子天王道這水原來不曾灌入洞內枉費一場之功也行者忍不住心中怒發雙手輪拳闖至妖魔門首喝道那里走看打諕得那幾個小妖丟了鎗棒跑入洞裡戰兢兢的報道大王打將來了魔王挺長鎗迎出門前道這潑猴老大憊懶你幾番家敵不過我縱水火亦不能近怎麼又撞將來送命行者道這兒子反說了哩不知

是我送命是你送命走過來吃老外公一拳那妖魔笑道這猴兒勉强纏帳我倒使鎗他却使拳那般一個觔髏子拳頭只好有個核桃兒大小怎麽稱得個鎚子起也罷罷罷我且把鎗放下與你走一路拳看看行者笑道說得是走上來那妖撩衣進步丢了個架子舉起兩個拳來真似打油的鐵鎚模樣這大聖展足那身擺開解數在那洞門前與那魔王遞走拳勢這一塲好打噢

拽開大四平踢起雙飛脚韜脇劈胸墩剜心摘膽着仙人指路老子騎鶴餓虎撲食最傷人蛟龍戲水能兇惡魔王使個蟒翻身大聖却施鹿解角翹跟淬地龍扭碗

擎天寨青獅張口來鯉魚跌子躍蓋頂撒花遶腰貫索迎風貼扇兒急雨催花落妖精便使觀音掌行者就對羅漢脚長拳開濶自然鬆怎比短拳多緊削兩個相持數十回一般本事無強弱

他兩個在那洞門前厮打只見這高峰頭喜得個李天王厲聲喝采火德星鼓掌誇稱那兩個雷公與哪吒太子帥衆神跳到跟前都要來相助這壁廂群妖摇旗擂鼓舞劍輪刀一齊護孫大聖見事不諧將毫毛拔下一把望空撒起叫變即變做三五十個小猴一擁上前把那妖纏住抱腿的抱腿扯腰的扯腰抓眼的抓眼撏毛的撏毛那怪物

慌了急把圈子拏將出來大聖與天王等見他弄出圈套
撥轉雲頭走上高峰逃陣那妖把圈子往上拋起叫喇的
一聲把三五十個毫毛變的小猴收爲本相套入洞中得
了勝領兵閉門賀喜而去這太子道孫大聖還是個好漢
這一路拳走得似錦上添花使分身法正是人前顯貴行
者笑道列位在此遠覷那怪的本事比老孫如何李天王
道他拳鬆腳慢不如大聖的緊疾他見我們去時也就着
忙又見你使出分身法來他就急了所以大弄個圈套行
者道魔王好治只是圈子難降火德與水伯道若還取勝
除非得了他的寶貝然後可擒行者道他那寶貝如何可

得[illegible]笑道若要行偷禮除大聖再
無能者想當年大鬧天宮時偷御酒偷蟠桃偷龍肝鳳髓
及老君之丹却是何等手段今日正該在此處用也行者
道好說好說[illegible]等老孫打聽去好大聖跳下
峰頭私至洞口搖身一變變做個麻蒼蠅兒真個秀溜
看他
翎翅薄如竹膜身軀小似花心手足比毛更壯星星眼
窟明明善自聞香逐氣飛時迅速乘風稱來剛壓定盤
星可愛些些有用
輕輕的飛在門上爬到門縫兒邊鑽進去只見那大小群妖

舞的舞唱的唱排列兩傍老魔王高坐臺上面前擺着些虵肉鹿脯熊掌駝峰山蔬菓品有一把青磁酒壺香噴噴的羊酪椰醪大碗家寬懷暢飲行者落于小妖叢裡又變做一個貛頭精慢慢的挨近臺邊看勾多時全不見寶貝放在何方急抽身轉至臺後又見那後廳上高吊着火龍吟嘯火馬號嘶忽擡頭見他的金箍棒靠在東壁喜得他心癢難撾忘記了更容變像走上前拏了鐵棒現原身丢開解數一路棒打將出去慌得那群妖胆戰心驚老魔王措手不及却被他推倒三個放倒兩個打開一條魚路徑出洞門這才是

○好○照○管○

魔頭驕傲無防備　主杖還歸與本人

畢竟不知凶吉如何且聽下回分解

總批

誰人跳出這個圈子誰人不在這個圈子裡可憐可憐、

第五十二回

悟空大鬧金兜洞　如來暗示主人公

話說孫大聖得了金箍棒。打出門前跳上高峯對衆神滿心懽喜。李天王道你這場如何。行者道老孫變化進他洞去那怪物越發唱唱舞舞的吃得勝酒哩。更不曾打聽得他的寶貝在那里。我轉他後面忽聽得馬叫龍吟。知是火部之物。東壁廂靠着我的金箍棒。是老孫拿在手中。一路打將出來也。衆神道你的寶貝得了。我們的寶貝何時到手。行者道不難不難。我有了這根鐵棒。不管怎的也要打倒他。取寶貝還你。正講處。只聽得那山坡下。鑼鼓齊鳴喊聲振地。原來是兕大王。帥衆精靈來趕行者。行者見了。叫道好好好。正合我意。列位請坐、待老孫再去捉他、好大聖。舉鐵棒劈面迎來、喝道潑魔那里去、看棍、那怪使鎗支住、罵道賊猴頭着實無禮。你怎麼白晝劫我物件。行者道、我把你這箇不知死的業畜、你倒弄圈套。白晝搶奪我物、那件兒是你的。不要走吃老爺一棍那怪物輪鎗隔架。這一場好戰。

大聖施威猛。妖魔不順柔。兩家齊鬬勇。那個肯干休。這一個鐵棒如龍尾、那一個長鎗似蟒頭。這一個棒來解數如風響、那一個鎗架雄威似水流。只見那彩霧朦朧

山嶺傍祥雲靉靉樹林愁滿空飛鳥皆停翅四海狼小
盡縮頭那陣上小妖吶喊這壁廂行者抖擻一條鐵棒
無人敵打遍西方萬里遊那得長鎗真對手。來鎮金兜
稱上籌相遇這場無好散不見高低誓不休
那魔王與孫大聖戰經三箇時辰不分勝敗早。又見天色
將晚妖魔支著長鎗道悟空。你住了。天昏地暗不是箇賭
鬭之時且各歇息歇息明朝再與你比迸行者罵道潑畜
休言老孫的興頭纔來管甚麼天晚是必與你定個輸贏
那怪物喝一聲虛幌一鎗逃了性命師羣妖收轉干戈。入
洞中。將門緊緊閉了。這大聖拖棍方回天神在岸頭賀喜

都道是有能有力的大聖、原是無邊的真本事、行者笑道承過獎承過獎、李天王近前道此言實非褒獎真是一條好漢子。這一陣也不亞當時瞞地網罩天羅也、行者道且休提閑話那妖魔被老孫打了這一場必然疲倦我也說不得辛苦。你們都放懷坐坐等我再進洞去打聽他的圈子、務要偷了他的、捉住那怪尋取兵器奉還汝等歸天、太子道今已天晚不若安眠一宿明早去罷、行者笑道這小郎不知世事、那見做賊的好白日裏下手。似這等掏摸的必須夜去夜來、不知不覺才是買賣哩、火德與雷公道三太子休言這件事我們不知大聖是個慣家熟套須教他趂此時候，一則魔頭困倦，二來夜黑無防，就請快去快去。好大聖，笑嘻嘻的將鐵棒藏了，跳下高峯，又至洞口，搖身一變，變作一個促織兒。真個

嘴硬鬚長皮黑，眼明爪脚丫叉。風清月明叫墻涯，夜靜如同人話。泣露淒涼景色，聲音斷續堪誇。客牕旅思怕聞他，偏在空堦牀下。

蹬開大腿，三五跳，跳到門邊，自門縫裏鑽將進去，蹲在那壁根下，迎著裏面燈光，仔細觀看。只見那大小羣妖，一箇箇狼飡虎嚥，正都吃東西哩。行者揲揲鎚鎚的叫了一遍。少時間，收了家火，又都去安排窩鋪，各各安身。約莫有一

更時分行者才到他後邊房裏只聽那老魔傳令教各門上小的醒睡恐孫悟空又變甚麽私入家偷盜又有些該班坐夜的滌滌托托梆鈴齊響這大聖越好行事鑽入房門見有一架石牀左右列幾個抹粉搽胭的山精樹鬼展鋪蓋伏侍老魔脫脚的脫脚解衣的解衣只見那魔王寬去衣服左肐膊上白森森的套著那個圈子原來像一個連珠琢頭模樣你看他更不取下轉往上抹了兩抹緊緊的勒在肐膊上方纔睡下行者見了將身一變變作一個黃皮虼蚤跳上石牀鑽入被裏爬在那怪的肐膊上著實一口叮的那怪翻身罵道這些少打的奴才被也不抖牀

也不擺不知甚麼東西咬了我這一下他却把圈子又抬
上兩搭依然壓下行者爬上那圈子又咬一口那怪癢不
得又翻過身來道刺鬪殺我也行者見他闗防得緊寶貝
又隨身不肯除下料倫他的不得跳下牀來還變做促織
兒出了房門徑至後面又聽得龍吟馬嘶原來那層門緊
鎖火龍火馬都弔在裡面行者現了原身走近門前使個
解鎖法念動咒語用手一抹扢扠一聲那鎖雙皇俱就脫
畧推開門闖將進去觀看原來那裏面被火器照得明幌
幌的如白日一般忽見東西兩邊斜靠著幾件兵器都是
太子的砍妖刀等物并那火德的火弓火箭等物行者映

火光周圍看了一遍又見那門背後一張石卓子上有一箇篋絲盤兒放著一把毫毛大聖滿心懽喜將毫毛拿起來呵了兩口熱氣叫聲變即變作三五十箇小猴教他都拿了刀劍杵索裘輪及弓箭鎗車葫蘆火鴉火鼠火馬一一應套去之物騎了火龍縱起火勢從裏面往外燒來只聽得烘烘燬燬朴朴乒乒好便似咋雷連砲之聲慌得那些大小妖精夢夢查查的抱著被朦著頭喊的喊哭的哭一一個個走頭無路被這火燒死大半美猴王得勝回來只好有三更時候却說那高峯上李天王衆位忽見火光幌亮一簇前來見行者騎著龍喝喝呼呼縱著小猴徑上峯頭

厲聲高叫道來收兵器來收兵器火德與哪吒答應一聲
這行者將身一抖那把毫毛復上身來哪吒太子收了他
六件兵器火德星君着衆火部收了火龍等物都笑吟吟
讚賀行者不題却說那金嶢洞裏火焰紛紛諕得個兕大
王魂不負體急欠身開了房門雙手拿著圈子東推東火
滅西推西火消滿空中冒煙突火執著寶貝跑了一遍四
下里烟火俱息急忙收救羣妖已此燒殺大半男男女女
收不上百十餘下又查看藏兵之內各件皆無又去後面
看處見八戒沙僧與長老還綑住未解白龍馬還在槽上
行李担亦在屋裏妖魔遂恨道不知是那個小妖不仔細

失了火致令如此傍有近侍的告道大王這火不干本家之事多是個偷營劫寨之賊放了那火郤之物盜了神兵去也老魔方然省悟道沒有別人斷乎是孫悟空那賊怪道我臨睡時不得安穩想是那賊猴變化進來在我這肚臍叮了兩口一定是要偷我的寶貝見我抹勒得緊不能下手故此盜了兵器縱著火龍放此狠毒之心意欲燒殺我也賊猴呵你枉使機關不知我的本事我但帶了這件寶貝就是入大海而不能溺赴火池而不能焚哩這番若拿住那賊只把剮了點垛方趁我心說著話懊惱多時不覺的雞鳴天曉那高峯上太子得了六件兵器對行者道

大聖天色已明不須怠慢我們趂那妖魔挫了鋭氣與火部等扶助你再去力戰庶幾這次可擒拿也行者笑道說得有理我們齊了心耍子兒去耶一個個抖擻威風喜笑武藝徑至洞口行者叫道潑魔出來與老孫打者原來那里兩扇石門被火器化成灰燼門裏邊有幾個小妖正然掃地撮灰忽見衆聖齊來慌得丟了掃箒撇下灰耙跑入裏又報道孫悟空領着許多天神又在門外罵戰哩那兕怪聞報大驚圪迸迸鋼牙咬响滴溜溜環眼睜圓挺着長鎗帶了寶貝走出門來潑口亂罵道我把這個偷營放火的賊猴你有多大手段敢這等藐視我也行者笑臉兒罵

道㴽怪物你要知我的手段且上前來我說與你聽

自小生來手段強、乾坤萬里有名揚、當時欵悟修仙道、昔日傳來不老方、立志拜投方寸地、虔心參見聖人鄉、學成變化無量法、宇宙長空任我狂、閑在山前將虎伏、悶來海內把龍降、祖居花果稱王位、水簾洞裡逞剛強、（却是一幅做咲、做咲）幾番有意圖天界、數次無知奪上方、御賜齊天名大聖、敕封又贈美猴王、只因宴設蟠桃會、無簡相邀我性剛、暗闖瑤池偷玉液、私行寶閣飲瓊漿、龍肝鳳髓曾偷吃、百味珍羞我竊嘗、千載蟠桃隨受用、萬年丹藥任充腸、天宮異物般般取、聖府奇珍件件藏、玉帝訪我有手段、即發天兵擺戰場，九曜惡星遭我貶，五方兇宿被吾傷。
普天神將皆無敵，十萬雄師不敢當，威逼玉皇傳旨意，
灌江小聖把兵揚，相待七十單二變，各弄精神個個強，
南海觀音來助戰，淨瓶楊柳也相幫，老君又使金剛套，
把我擒拿到上方，綁見玉皇張大帝，曹官拷較罪該當，
即差大力開刀斬，刀砍頭皮火焰光，百計千方算不死，
將吾押赴老君堂，六丁神火爐中煉，煉得渾身硬似鋼，
七七數完開鼎看，我身跳出又兇張，諸神閉戶無遮擋，
眾聖商量把佛央，其實如來多法力，果然智慧廣無量，
手中賭賽翻觔斗，將山壓我不能強，玉皇纔設安天會，

西域方稱極樂場，壓困老孫五百載。一些茶飯不曾嘗，當得金蟬長老臨凡世，東土差他拜佛鄉。欲取真經回上國，大唐帝主度先亡。觀音勸我皈依善，秉教迦持不放狂。解脫高山根下難，如今西去取經章。潑魔休弄獐狐智，還我唐僧拜法王。

那怪聞言，指著行者道：你原來是個偷天的大賊。不要走，吃吾一鎗！這大聖使棒來迎。兩個正自相持，這壁廂哪吒太子生嗔，火德星君發狠，即將那六件神兵、火部等物，望妖魔上抛來。孫大聖更加雄勢。一邊又雷公使掮，天王舉刀，不分上下，一擁齊來。那魔頭巍巍冷笑，袖子中暗暗將

寶貝取出撒手抛起空中叫聲著吻喇的一下把六件神
兵火部等物雷公摘天王刀行者棒盡情又都撈去衆神
靈依然赤手孫大聖仍是空拳妖魔得勝回身叫小的們
搬石砌門動土修造從新整理房廊待齊備了殺唐僧三
衆來謝土大家散福受用衆小妖領命維持不題却說那
李天王帥衆回上高峯火德怨哪吒性急雷公怪天王放
刁惟水伯在傍無語行者見他們面不厮覷心有縈思沒
奈何懷恨強懽對衆笑道列位不須煩惱自古道勝敗兵
家之常我和他論武藝也只如此但只是他多了這箇圈
子所以爲害把我等兵器又套將去了你且放心待老孫

再去查查他的脚色來也太子道你前啓奏玉帝查勘滿天世界更無一點踪跡如今卻又何處去查行者道我想起來佛法無邊如今且上天去問我佛如來教他著慧眼觀看大地四部洲看這怪是那方生長何處鄉貫住居圈子是件甚麼寶貝不管怎的一定要拿他與列位出氣還汝等懽喜歸天衆神道既有此意不須久停快去快去好行者說聲去就縱觔斗雲早至靈山落下祥光四方觀看好去處

靈峯疎傑疊嶂清佳仙岳頂巔摩碧漢西天瞻巨鎮形勢壓中華元氣流通天地遠威風飛徹滿臺花時聞鍾

磬音長每聽經聲明朗又見那青松之下優婆講翠栢之間羅漢行白鶴有情來鷲嶺青鸞著意佇雲亭玄猴對對擎仙果壽鹿雙雙獻紫英幽鳥聲頻如訴語奇花色絢不知名回巒盤繞重重顧古道灣環處處平正是清虛靈秀地莊嚴大覺佛家風

那行者正當點看山景忽聽得有人叫 孫悟空從那里來往何處去急回頭看原來是比丘尼尊者大聖作禮道正有一事欲見如來比丘尼道你這個頑皮既然要見如來怎麼不登寶刹倒在這里看山行者道初來貴地故此（何不把經典）（偷了罷）大膽比丘尼道你快跟我來也這行者緊隨至雷音寺山

門下又見那八大金剛雄糾糾的兩邊攩住比丘尼道悟空暫候片時等我與你奏上去來行者只得住立門外那比丘尼至佛前合掌道孫悟空有事要見如來如來傳旨令入金剛纔閃路放行行者低頭禮拜畢如來問道悟空前聞得觀音尊者解脫汝身皈依釋教保唐僧來此求經你怎麽獨自到此有何事故行者頓首道上告我佛弟子自秉迎持與唐朝師父西來行至金峴山金峴洞遇著一個惡魔頭名唤兕大王神通廣大把師父與師弟等攝入洞中弟子向伊求取没好意兩家比迸被他將一箇白森森的一個圈子搶了我的鐵棒我恐他是天將思凡急上

界査勘不出蒙玉帝差遣李天王父子助援又被他擒了太子的六般兵器又請火德星君放火燒他又被他將火具搶去又請水德星君放水淹他一毫又淹他不著弟子發若干精神氣力將那鐵棒等物偷出復去索戰又被他將前物依然套去無法收降因此特告我佛望垂慈與弟子看看果然是何物出身我好去拿他家屬四隣擒此魔頭救我師父合拱虔誠拜求正果如來聽說將慧眼遥觀早已知識對行者道那怪物我雖知之但不可與你說你這猴兒口敞一傳道是我說他他就不與你鬬定要嚷上靈山返遺禍于我也我這里着法力助你擒他去罷行者

再拜稱謝道如來助我甚麼法力如來卽令十八尊羅漢開寶庫取十八粒金丹砂與悟空助力行者道金丹砂卻如何如來道你去洞外叫那妖魔比試演他出來卻教羅漢放砂陷住他使他動不得身拔不得脚憑你揪打便了行者笑道妙妙妙趁早去來那羅漢不敢遲延卽取金丹砂出門行者又謝了如來一路查看止有十六尊羅漢行者嚷道這是那個去處卻賣放人衆羅漢道那個賣放行者道原差十八尊今怎麼只得十六尊說不了裏邊走出降龍伏虎二尊上前道悟空怎麼就這等放刁我兩個在後聽如來分付話的行者道忒賣法忒賣法才自若嚷遲

了些兒你敢就不出來了衆羅漢笑呵呵駕起祥雲不多時到了金兜山界那李天王見了帥衆相迎備言前事羅漢道不必叙繁快去叫他出來道大聖捻着拳頭來于洞口罵道賊潑怪物快出來與你孫外公見個上下那小妖又飛跑去報魔王怒道這賊猴又不知請誰來猖獗也小妖道更無甚將止他一人魔王道那根棒子已被我收來怎麼却又一人到此敢是又要走拳隨帶了寶貝綽鎗在手叫小妖搬開石塊跳出門來罵道賊猴你幾番家不得便宜就該迴避如何又來吆喝行者道這潑魔不識好歹若要你外公不來除非你服了降陪了禮送出我師父師

弟。我就饒你。那怪道。你那三個和尚。已被我洗淨了。不久便要宰殺。你還不識起倒。去了罷。行者聽說宰殺二字。扢蹬蹬腮邊火發。按不住心頭之怒。丢了架手。輪着拳。斜行拗步。望妖魔使個挂面。那怪纏長鎗。劈手相迎。行者左跳右跳。哄那妖魔。妖魔不知是計。趕離洞口南來。行者即招呼羅漢。把金丹砂望妖魔一齊拋下。其顯神通好砂。正是那。

似霧如烟初散漫。紛紛藹藹下天涯。白茫茫到處迷人眼。昏漠漠飛時找路差。打柴的樵子失了伴。採藥的仙童不見家。細細輕飄如麥麵。粗粗翻復似芝蔴。世界朦颳山頂暗。長空迷沒太陽遮。不比囂塵隨駿馬。難言輕軟襯香車。此砂本是無情物。蓋地遮天把怪拿。只為邪魔侵正道。阿羅奉法逞豪華。手中就有明珠現。等時刮得眼生花。

那妖魔見飛砂迷目。把頭低了一低。足下就有三尺餘深。慌得他將身一縱。跳在浮上一層。未曾立得穩。須臾又有二尺餘深。那怪急了。拔出脚來。即忙取圈子往上一撇。叫聲著。吻喇的一下。把十八粒金丹砂。又盡套去。拽回步。徑歸本洞。那羅漢一個個空手停雲。行者近前問道。衆羅漢怎麽不下砂了。羅漢道。適纔響了一聲。金丹砂就不見了。

行者笑道又是那話兒套將去了天王等衆道這般難伏呵却怎麼捉得他何日歸天何顏見帝也傍有降龍伏虎二羅漢對行者道悟空你曉得我好○照○應○兩個出門遲滯何也行者道老孫只怪你躲避不來却不知有甚話說羅漢道如來分付我兩個說那妖魔神通廣大如失了金丹砂就教孫悟空上離恨天兜率宮太上老君處尋他的踪跡庶幾可一鼓而擒也行者聞言道可恨可恨如來却也閃賺老孫當時就該對我說了却不免教汝等遠涉李天王道既是如來有此明示大聖就當早起好行者說聲去就縱一道觔斗雲直入南天門裡時有四大元帥擎拳拱手道擒

怪事如何行者且行且答道未哩未哩如今有處尋根去也四將不敢留阻讓他進了天門不上靈霄殿不入斗牛宮徑至三十三天之外離恨天兜率宮前見兩仙童侍立他也不通姓名一直徑走慌得兩童扯住道你是何人待往何處去行者纔說我是齊天大聖欲尋李老君哩仙童道你怎這樣粗魯且住下讓我們通報行者那容分說喝了一聲往裡逕走忽見老君自內而出撞個滿懷行者躬身唱個喏道老官一向少看老君笑道這猴兒不去取經却來我處何幹行者道取經取經晝夜無停有些阻礙到此行行老君道西天路阻與我何干行者道西天西天你

○好○頑○皮○

且休言尋著踪跡與你纏纏老君道我這里乃是無上仙宮有甚踪跡可尋行者入裡眼不轉睛東張西看走過幾層廊宇忽見那牛欄邊一個童兒盹睡青牛不在欄中行者道老官走了牛也走了牛也老君大驚道這業畜幾時走了正嚷間那童兒方醒跪于當面道爺爺弟子睡著不知是幾時走的老君罵道你這廝如何盹睡童兒叩頭道弟子在丹房裡拾得一粒丹當時吃了就在此睡著老君道想是前日煉得七返火丹吊了一粒被這廝拾吃了那丹吃一粒該睡七日哩那業畜因你睡着無人看管遂乘機走下界去今亦是七日矣即查可曾偷甚寶貝行者道

無甚寶貝。只見他有一個圈子。甚是利害。老君急查看諸般俱在。止不見了金鋼琢。老君道。這業畜偷了我金鋼琢去了。行者道。原來是這件寶貝。當時打着老孫的是他。（好。賴。綏。）如今在下界張狂。不知套了我等多少物件。老君道。這業畜在甚地方。行者道。現在金兜山金兜洞。他捉了我唐僧進去。搶了我金箍棒。請天兵相助。又搶了太子的神兵。及請火德星君。又搶了他的火具。惟水伯雖不能淹死他。倒還不曾搶他物件。至請如來著羅漢下砂。又將金丹砂搶去。似你這老官。縱放怪物。搶奪傷人。該當何罪。老君道。我那金鋼琢。乃是我過函關化胡之器。自幼煉成之寶。憑你厲兵器。水火俱莫能近他若偷去我的芭蕉扇兒連我也不能奈他何矣、大聖纔懽懽喜喜、隨着老君老君執了芭蕉扇、駕着祥雲、同行出了仙宮、南天門外。低下雲頭徑至金嶢山界。見了十八尊羅漢雷公水伯。火德李天王父子。備言前事一遍老君道孫悟空還去誘他出來、我好收他、這行者跳下峯頭。又高聲罵道腯潑業畜趁早出來受死那小妖又去報知老魔道這賊猴又不知請誰來也急綽鎗、帶寶迎出門來。行者罵道、你這潑魔今番坐定是死了、不要走吃吾一掌急縱身跳、個滿懷、劈臉打了。一個耳爪子。回頭就跑、那魔輪鎗就趕、只聽得高峯上叫道那牛兒還不歸家更待何日那魔擡頭看見是太上老君就諕得心驚膽戰道這賊猴真個是個地裡鬼卻怎麼就訪得我的主公來也老君念個呪語將扇子搧了一下那怪將圈子丟來被老君一把接住又一扇那怪物力軟筋麻現了本相原來是一隻青牛老君將金鋼琢吹口仙氣穿了那怪的鼻子解下勒袍帶繫于琢上牽在手中至今留下個拴牛鼻的拘兒又名賓郎職此之謂老君辭了眾神跨上青牛背上駕彩雲逕歸兜率院縛妖怪高昇離恨天孫大聖纔同天王等眾打入洞裡把那百十個小妖盡皆打死各取兵器謝了天王回天雷公入府水伯回河羅漢向

西、然後纔解放唐僧八戒沙僧、拏了鐵棒他三人又謝了行者收拾馬匹行裝、師徒們離洞找大路方走、正走間只聽得路傍叫唐聖僧吃了齋飯去、那長老心驚、不知是甚人叫喚、且聽下回分解

總批

人人有個主人公、若能常常照管、決不到弄圈套時節矣

第五十三回

禪主吞餐懷鬼孕　黃婆運水解邪胎

德行要修八百，陰功須積三千。均平物我與親冤，始合西天本願。（着眼）魔兕刀兵不怯，空勞水火無愆。老君降伏却朝天，笑把青牛牽轉。

話說那大路傍叫喚者誰？乃金兜山山神土地，捧著紫金鉢盂叫道：「聖僧呵，這鉢盂飯是孫大聖向好處化來的。（妙照應）因你等不聽良言，悞入妖魔之手，致令大聖勞苦萬端，今日方救得出。且來吃了飯，再去走路，莫孤負孫大聖一片恭孝之心也。」三藏道：「徒弟，萬分虧你，言謝不盡！早知不出圈痕，那有此殺身之害。行者道，不瞞師父說，只因你不信我（著眼）的圈子，却教你受別人的圈子，多少苦楚，可歎可歎。罵八戒，都是你這業嘴業舌的夯貨，弄師父遭此大難，著老孫翻天覆地，請天兵水火與佛祖丹砂，盡被他使一個白森森的圈子套去，如來暗示了羅漢，對老孫說出那妖的根原，纔請老君來收伏，却是個青牛作怪。三藏聞言感激不盡，道，賢徒，今番經此，下次定然聽你分付。遂此四人分吃那飯，那飯熱氣騰騰的，行者道，這飯多時了，却怎麼還熱，土地跪下道，是小神知大聖功完，纔自熱來伺候。須臾飯畢，收拾了鉢盂，辭了土地山神，那師父纔攀鞍上馬，過了

高山正是滌慮洗心皈正覺飡風宿水向西行行勾多時又值早春天氣聽了些

紫燕呢喃黃鸝睍睆紫燕呢喃香嘴困黃鸝睍睆巧音頻滿地落紅如佈錦徧山發翠似堆茵嶺上青梅結豆崖前古栢留雲野潤烟光淡沙暄日色曛幾處園林花放蕋陽回大地柳芽新

正行處忽遇一道小河澄澄清水湛湛寒波唐長老勒過馬觀看遠見河那邊有柳陰垂碧微露著茅屋幾椽行者遥指那廂道那里人家一定是擺渡的三藏道我見那廂也是這般却不見船隻未敢開言八戒旋下行李厲聲高

叫道擺渡的撑船過來連叫幾遍只見那柳陰裡面咿咿啞啞的撑出一隻船兒不多時相近這岸師徒們仔細看了那船兒真個是

短棹分波輕橈泛浪橄堂油漆彩艎板滿平倉船頭上鐵纜盤窩船後邊舵樓明亮雖然是一葦之航也不亞泛湖浮海縱無錦纜牙檣實有松樁桂楫固不如萬里神舟真可渡一河之隔往來只在兩崖邊出入不離古度只

那船兒須臾頂岸那稍子叫云過河的這里去三藏縱馬近前看處那稍子怎生模樣

頭裹錦絨帕，足踏皂絲鞋，身穿百納綿襤襖，腰束千針裙布褪，手腕皮粗觔力硬，眼花眉皺面容衰，聲音嬌細如鶯囀，近觀乃是老裙釵。

行者走近船邊道：你是擺渡的？那婦人道：是。行者道：稍公如何不在，却著稍婆撐船？婦人微笑不答，用手拖上跳板。沙和尚將行李挑上去，行者扶著師父上跳（似得宛然），然後順過船來，八戒牽上白馬，收了跳板，那婦人撐開船，搖動槳，頃刻間過了河身，登西岸，長老教沙僧解開包，取幾文錢鈔與他，婦人更不爭多寡，將纜拴在傍水的樓上，笑嘻嘻徑入庄屋裡去了。三藏見那水清，一時口渴，便着八戒取鉢盂舀些水來我吃那猷子道我也正要些兒吃哩即取鉢盂舀了一鉢遞與師父師父吃了有一少半還剩了多半猷子接來一氣飲乾却扶侍三藏上馬師徒們找路西行不上半個時辰那長老在馬上呻吟道腹痛八戒隨後道我也有些腹痛沙僧道想是吃冷水了說未畢師父聲喚道疼的緊八戒也道疼得緊他兩個疼痛難禁漸漸肚子大了用手摸時似有血團肉塊不住的骨冗骨冗亂動三藏正不穩便忽然見那路傍有一村舍樹稍頭挑着兩個艸行者道師父好了那廂是個賣酒的人家我們且去化些熱湯與你吃就問可有賣藥的討貼藥與你治治腹

痛三藏聞言甚喜却打白馬不一時到了村舍門口下馬但只見那門兒外有一個老婆婆端坐在艸墩上績麻行者上前打個問訊道婆婆貧僧是東土大唐來的我師父乃唐朝御弟因爲過河吃了河水覺肚腹疼痛那婆婆喜哈哈的道你們在那邊河裡吃水來行者道是在此東邊清河水吃的那婆婆欣欣的笑道好耍子好耍子你都進來我與你說行者即攙唐僧沙僧即扶八戒兩人聲聲喚喚腆着肚子一個個只疼得面黃眉皺入艸舍坐下行者只叫婆婆是必燒些熱湯與我師父我們謝你那婆婆且不燒湯笑唏唏跑走後邊叫道你們來看你們來看那裏

面蹼蹄蹼踏的又走出兩三個半老不老的婦人都來望着唐僧灑笑行者大怒喝了一聲把牙一嗟諕得那一家子跌跌蹡蹡往後就走行者上前扯住那老婆子道快早燒湯我饒了你那婆子戰兢兢的道爺爺呀我燒湯也不濟事也治不得他兩個肚疼你放了我等我說行者放了他他說我這裡乃是西梁女國我們這一國盡是女人更無男子故此見了你們懽喜你師父吃的那水不好了那條河喚做子母河我那國王城外還有一座迎陽館驛驛門外有一個照胎泉我這里人但得年登二十歲以上方敢去吃那河裡水吃水之後便覺腹痛有胎至三日之後

想頭幻甚

到那迎陽館照胎水邊照去若照得有了雙影便就降生孩兒你師吃了子母河水以此成了胎氣也不日要生孩子熱湯怎麼治得三藏聞言大驚失色道徒弟呵似此怎了八戒扭腰撒胯的哼道爺爺呀要生孩子我們却是男身那里開得產門如何脫得出來行者笑道古人云瓜熟自落若到那個時節一定從脇下裂個窟窿鑽出來也八戒見說戰兢兢忍不得疼痛道罷了罷了死了死了沙僧笑道二哥莫扭莫扭只怕錯了養兒腸弄做個胎前病那獃子越發慌了眼中噙淚扯着行者道哥哥你問這婆婆看那里有手輕的穩婆預先尋下幾個這半會一陣陣的

動蕩得緊想是摧陣疼快了快了沙僧又笑道二哥既知摧陣疼不要扭動只恐擠破漿包耳三藏哼着道婆婆可你這里可有醫家教我徒弟去買一帖墮胎藥吃了打下胎來罷那婆子道就有藥也不濟事只是我們這正南街上有一座解陽山山中有一個破兒洞洞裡有一眼落胎泉須得那井裡水吃一口方纔解下胎氣却如今取不得水了向年來了一個道人稱名如意眞仙把那破兒洞改作聚仙菴護住落胎泉水不肯善賜與人但欲求水者須要花紅表裡羊酒果盤志誠奉獻只拜求得他一碗兒水哩你們這行腳僧怎麼得許多錢財買辦但只可挨命待

時而生產罷了行者聞得此言滿心懽喜道婆婆你這里
到那解陽山有幾多路程婆婆道有三千里行者道好了
好了師父放心待老孫取些水來你吃好大聖分付沙僧
道你好仔細看着師父若這家子無禮侵哄師父你拿出
舊時手段來粧㜸虎諕他等我取水去沙僧依命只見那
婆子端出一個大瓦鉢來遞與行者道拿這鉢頭兒去是
必多取些來與我們留着急用行者眞個接了瓦鉢出艸
舍縱雲而去那婆子纔望空禮拜道爺爺呀這和尚會駕
雲纔進去叫出那幾個婦人來對唐僧磕頭禮拜都稱爲
羅漢菩薩一壁廂燒湯辦飯供奉唐僧不題却說那孫大

聖觔斗雲起少頃間見一座山頭阻住雲角即按雲光睁睛看處好山但見那

幽花擺錦野艸鋪藍澗水相連落溪雲一樣閑重重谷壑藤蘿密遠遠峯巒樹木繁鳥啼雁過鹿飲猿攀翠岱如屏嶂青崖似髻鬟塵埃滾滾真難到泉石涓涓不厭看每見仙童採藥去常逢樵子負薪還果然不亞天臺景勝似三峯西嶽山

這大聖正然觀看那山不盡又只見背陰處有一所庄院忽聞得犬吠之聲大聖下山徑至庄所却也好個去處看那

小橋通活水茅舍倚青山村大汪籬落幽人自往還
不時來至門首見一個老道人盤坐在綠茵之上大聖放
下瓦鉢近前道問訊那道人欠身還禮道那方來者至小
菴有何勾當行者道貧僧乃東土大唐欽差西天取經者
因我師父悞飲了子母河之水如今腹疼腫脹難禁問及
土人說是結成胎氣無方可治訪得解陽山破兒洞有落
胎泉可以消得胎氣故此特來拜見如意眞仙求些泉水
逹救師父累煩老道指引指引那道人笑道此間就是破
兒洞今改爲聚仙菴了我却不是別人卽是如意眞仙老
爺的大徒弟你叫做甚麽名字待我好與你通報行者道

我是唐三藏法師的大徒弟賤名孫悟空那道人問曰你的花紅酒禮都在那里行者道我是個過路的挂搭僧不曾辦得來道人笑道你好痴啞我老師父護住山泉並不曾白送與人你回去備將禮來我好通報不然請回莫想莫想行者道人情大似聖旨你去說我老孫的名字他必然做個人情或者連井都送我也那道人聞此言只得進去通報却見那眞仙撫琴只待他琴終方纔說道師父外面有個和尚口稱是唐三藏大徒弟孫悟空欲求落胎泉水救他師父那眞仙不聽說便罷一聽得說個悟空名字却就怒從心上起惡向胆邊生急起身下了琴牀脫了素

服換上道衣取一把如意鉤子跳出菴門叫道孫悟空休

在行者轉頭觀見看眞仙打扮

頭戴星冠飛彩艷身穿金縷法衣紅足下雲鞋堆錦繡
腰間寶帶繞玲瓏一雙納錦凌波襪半露裙襴閃繡絨
手拿如意金鉤子鐏利杵長若蟒龍鳳眼光明眉菂豎
鋼釵尖利口翻紅額下髯飄如烈火鬢邊赤髮短蓬鬆
形容惡似溫元帥爭奈衣冠不一同

行者見了合掌作禮道貧僧便是孫悟空那先生笑道你眞個是孫悟空却是假名托姓者行者道你看先生說話常言道君子行不更名坐不改姓我便是悟空豈有假托

之理。先生道你可認得我麼。行者道我因歸正釋門。秉誠
僧教。這一向登山涉水。把我那幼時的朋友也都疎失。未
及拜訪。少識尊顔。適間問道子母河西鄉人家。言及先生
乃如意眞仙。故此知之。那先生道你走你的路。我修我的
眞。你來訪我怎的。行者道因我師父悞飲了子母河水。腹
疼成胎。特來仙府拜求一碗落胎泉水。救解師難也。那先
生睜目道你師父可是唐三藏麼。行者道正是正是。先生
咬牙恨道你們可曾會着一個聖嬰大王麼。行者道他是
號山枯松澗火雲洞紅孩兒妖怪的綽號。眞仙問他怎的。
先生道是我之舍姪。我乃牛魔王的兄弟。前者家兄處有

信來報我稱說唐三藏的大徒弟孫悟空憊懶將他害了我這里正没處尋你報仇你倒來尋我還要甚麼水哩行者賠笑道先生差了你令兄也曾與我做朋友幼年間也曾拜七弟兄但只是不知先生尊府有失拜望如今令姪得了好處現隨着觀音菩薩做了善財童子我等尚且不如怎麼反怪我也先生喝道這潑猴猻還弄巧舌我舍姪還是自在爲王好還是與人爲奴好不得無禮吃我這一鉤大聖使鐵棒架住道先生莫說打的話且與些泉水去也那先生罵道潑猴猻不知死活如若三合敵得我與你水去敵不過只把你剁爲肉醬方與我姪子報仇大聖罵

道我把你不識起倒的業障既要打走上來看棍那先生如意鉤劈手相還二人在聚仙菴好殺

聖僧悞食成胎水行者來尋如意仙那曉真仙原是怪倚强護住落胎泉及至相逢講仇隙爭持決不遂如然言來語去成僝僽意惡情兇要報寃這一個因師傷命來求水那一個爲姪亡身不與泉如意鉤强如蝎毒金箍棒狠似龍巔當胸亂刺施威猛着脚斜鉤展妙玄陰手棍丢傷處重過肩鉤起近頭鞭鎖腰一棍鷹持雀壓頂三鉤蜋捕蟬往往來來爭勝敗返返復復兩回還鉤攣棒打無前後定見輸贏在那邊

那先生與大聖戰經十數合。敵不得大聖。這大聖越加猛烈。一條棒。似滾滾流星。着頭亂打。先生敗了。觔力倒拖着如意鉤。往山上走了。大聖不去趕他。却來菴內尋水。那個道人早把菴門關了。大聖拿著瓦鉢。趕至門前。儘力氣一脚。踢破菴門。闖將進去。見那道人伏在井欄上。被大聖喝了一聲。舉棒要打。那道人往後跑了。却纔尋出弔桶來。正要打水。又被那先生趕到前邊。使。如意鉤子。把大聖鉤着脚。一跌。跌了個嘴磕地。大聖爬起來。使鐵棒就打他。却閃在傍邊。執着鉤子道。看你可取得我的水去。大聖罵道。你上來。你上來。我把你這個業瘴。直打殺你。那先生也不上前拒敵、只是禁住了、不許大聖打水、大聖見他不動、却使左手輪着鐵棒、右手使弔桶、將索子才突魯魯的放下、他又來使鉤、大聖一隻手撐持不得、又被他一鉤鉤着脚、扯了個躘踵、連索子通跌下井去了、大聖道這廝却是無禮爬起來、雙手輪棒、沒頭沒臉的打將上去、那先生依然走了、不敢迎敵、大聖又要去取水、奈何沒有弔桶、又恐怕來鉤扯、心中暗暗想道、且去叫個幫手來、好大聖、撥轉雲頭徑至村舍門首、叫一聲沙和尚、那裡邊三藏忍痛呻吟、猪八戒哼聲不絕、聽得叫喚、二人懽喜道、沙僧阿、悟空來也、沙僧連忙出門接着道、大哥取水來了、大聖進門對唐僧備言前事三藏滴淚道徒弟呵似此怎了大聖道我來叫沙兄弟與我同去到那菴邊等老孫和那廝敵鬪教沙僧乘便取水來救你三藏道你兩個沒病的都去了丟下我兩個有病的教誰伏侍那個老婆婆在傍道老羅漢只管放心不須要你徒弟我家自然看顧伏侍你你們早間到時我等實有愛憐之意却才見這位菩薩雲來霧去方知你是羅漢菩薩我家決不敢復害你行者咄的一聲道汝等女流之輩敢傷那個老婆子笑道爺爺啞還是你們有造化來到我家若到第二家你們也不得囫圇了八戒哼哼的道不得囫圇是怎麼的婆婆道我一家兒四五口都

是有幾歲年紀的把那風月事盡皆休了故此不肯傷你不知年紀大的反風流若還到第二家老小衆大那年小之人那個肯放過你去就要與你交合假如不從就要害你性命把你們身上肉都割了去做香袋兒哩八戒道若這等我决無傷他們都是香噴噴的好做香袋我是個臊猪就割了肉去也是臊的故此可以無傷趣行者笑道你不必說嘴省些力氣好生產也那婆婆道不必遲疑快求水去行者道你家可有弔桶借個使使那婆子即往後邊取出一個弔桶又[illegible]了一條索子遞與沙僧沙僧道帶兩條索子去恐一[illegible]深要用沙僧接了桶索即隨大聖出了村舍一同[illegible]而去那

消半個時辰却到解陽山界按下雲頭徑至菴外大聖分付沙僧道你將桶索拿了且在一邊躲着等老孫出頭索戰你待我兩人交戰正濃之時你乘機進去取水就走沙僧謹依言命孫大聖掣了鐵棒近門高叫開門開門那守門的看見急入裡通報道師父那孫悟空又來了也那先生心中大怒道這潑猴老大無狀一向聞他有些手段果然今日方知他那條棒真是難敵道人道師父他的手段雖高你亦不亞與他正是個對手先生道前面兩回被他贏了道人道前兩回雖贏不過是一猛之性後面兩次打水之時被師父鉤他兩跌却不是相比肩也先既無奈而

去今又復來必然是三藏胎成身重埋怨得緊不得已[illegible]
來也決有慢他師之心管取我師決勝無疑真仙聞言[illegible]
孩孩滿懷春意笑盈盈一陣威風挺如意鉤子走出門來
喝道潑猢猻你又來做甚大聖道我來只是取水真仙道
泉水乃吾家之井憑是帝王宰相也須表裡羊酒來求方
纔僅與些須況你又是我的仇人擅敢白手來取大聖道
真個不與真仙道不與不與不與大聖罵道潑業障既不與水
看棍丟一個架子搶個滿懷不容說着頭便打那真仙側
身躲過使鉤子急架相還這一塲比前更勝好殺
金箍棒如意鉤二人奮怒各懷仇飛砂走石乾坤暗播

土揚塵日月愁。大聖救師來取水。妖仙爲姪不容求。兩家齊努力。一處賭安休。咬牙爭勝負。切齒定剛柔。添機見越抖擻。噴雲噯霧鬼神愁。朴朴兵兵鎗棒響。喊聲嵘吼振山丘。狂風滾滾催林木。殺氣紛紛過斗牛。大聖愈爭愈喜悅。眞仙越打越綢繆。有心有意相爭戰。不定存亡不罷休。

他兩個在菴門外交手。跳跳舞舞的。鬭到山坡之下。恨苦相持不題。却說那沙和尚提着弔桶。闖進門去。只見那道人在井邊攩住道。你是甚人。敢來取水。沙僧放下弔桶。取出降妖寶杖。不對話。着頭便打。那道人躲閃不及。把左臂膊打折道人倒在地下掙命沙僧罵道我要打殺你這業畜爭奈你是個人身我還憐你饒你去罷讓我打水那道人叫天叫地的爬到後面去了沙僧却才將弔桶向井中滿滿的打了一弔水走出菴門駕起雲霧望著行者喊道大哥我已取了水去也饒他罷饒他罷大聖聽得方纔使鐵棒支住鉤子道你聽老孫說我本待斬盡殺絕爭奈你不曾犯法二來看你令兄牛魔王的情上先頭來我被鉤了兩下未得水去纔然來我是個調虎離山計哄你出來爭戰却着我師弟取水去了老孫若肯拿出本事來打你莫說你是一個甚麼如意真仙就是再有幾個也打死了

正是打死不如放生。且饒你。教你活幾年。若以後再有取水者。切不可勒掯他。那妖仙不識好歹。演一演就來鈎腳。被大聖閃過鈎頭。趕上前喝聲休走。那妖仙措手不及。推了一個蹼辣。掙蹅不起。大聖奪過如意鈎來。折爲兩段。總拿着。又一抉抉作四段。擲之于地道。潑業畜。再敢無禮麽。那妖仙戰戰兢兢。忍辱無言。這大聖笑呵呵。駕雲而起。有詩爲證。

詩曰

眞鉛若鍊須眞水。眞水調和眞汞乾。眞汞眞鉛無母氣。

靈砂靈藥是仙丹。嬰兒枉結成胎像。土母施功不費難。

推倒傍門宗正教。心君得意笑容還。

大聖縱着祥光趕上沙僧得了眞水喜喜懽懽回于本處按下雲頭徑來村舍只見猪八戒腆着肚子倚在門枋上哼哩行者悄悄上前道獃子幾時占房的獃子慌了道哥哥莫取笑可曾有水來麼行者還要耍他沙僧隨後就到笑道水來了水來了三藏忍痛欠身道徒弟呀累了你們也那婆婆却也懽喜幾口兒都出禮拜道菩薩呀却是難得難得即忙取個花磁盞子舀了半盞兒遞與三藏道老師父細細的吃只消一口就解了胎氣八戒道我不用盞子連弔桶等我喝了罷那婆子道老爺爺諕殺人罷了若吃了這弔水好道連腸子肚子都化盡了唬得獃子不敢

胡為也只吃了半盞那里有頓飯之時他兩個腹中絞痛
只聽轂轆轂轆三五陣腸鳴腸鳴之後那獃子忍不住大
小便齊流唐僧也忍不住要往靜處解手行者道師父阿
切莫出風地裡去怕人子一時冒了風弄做個產後之疾
那婆婆即取兩個淨桶來教他兩個方便須臾間各行了
幾遍纔覺住了疼痛漸漸的銷了腫脹化了那血團肉塊
那婆婆家又煎些白米粥與他補虛八戒道婆婆我的身
子實落不用補虛你且燒些湯水與我洗個澡却好吃粥
沙僧道哥哥洗不得澡坐月子的人弄了水濺致病八戒
頭皮
道我又不曾大生左右只是個小產怕他怎的洗洗兒乾

淨。眞個那婆子燒些湯與他兩個淨了手脚。唐僧纔吃兩盞兒粥湯。八戒就吃了十數椀。還只要添。行者笑道夯貨。少吃些。莫弄做個沙包肚。不相模樣。八戒道沒事沒事。我又不是母猪。怕他做甚。那家子眞個又去收拾煮飯。老婆婆對唐僧道。老師父。把這水賜了我罷。行者道。獃子不吃水了。八戒道我的肚腹也不疼了。胎氣想是已行散了。胎然無事。又吃水何爲。行者道。旣是他兩個都好了。將水送你家罷。那婆婆謝了行者。將餘剩之水。盛于瓦罐之中。埋在後邊地下。對衆老小道。這罐水勾我的棺材本也。衆老小無不歡喜。整頓齋飯。調開卓凳。唐僧們吃了齋。消消停停將息了一宿。次日天明。師徒們謝了婆婆[redacted]出離村舍。唐三藏攀鞍上馬。沙和尚挑着行囊。孫大聖前邊引路。偕八戒攏了韁繩。這才是

洗淨口業身乾淨　銷化凡胎體自然

畢竟不知到國界中。還有甚麼理會。且聽下回分解

總批

這回想頭奇甚、幻甚、真是文人之筆、九天九地、無所不至

第五十四回

法往西來逢女國　心猿定計脫烟花

話說三藏師徒，別了村舍人家，依路西進，不上三四十里，是那西梁國界。唐僧在馬上指道：悟空，前面城池相近，市井上人語諠譁，想是西梁女國。汝等須要仔細謹慎規矩，切休放蕩情懷，紊亂法門教旨。三人聞言，謹遵言命。言未盡，却至東關廂街口。那里人都是長裙短襖，粉面油頭，不分老少，盡是婦女，正在兩街上做買做賣。忽見他四眾來時，一齊都鼓掌呵呵，整容歡笑道：人種來了，人種來了。慌得那三藏勒馬難行，須臾間就塞滿街道，惟聞笑語。八戒口裡亂嚷道，我是個銷豬，我是個銷豬，行者道，獃子莫胡談，拏出舊嘴臉便是，八戒真個把頭搖上兩搖，豎起一雙蒲扇耳，扭動蓮蓬吊搭唇，發一聲喊，把那些，婦女們，諕得跌跌爬爬，有詩爲証。　詩曰

聖僧拜佛到西梁，國內衠陰世少陽，農士工商皆女輩，漁樵耕牧盡紅粧，嬌娥滿路呼人種，幼婦盈街接粉郎，不是悟能施醜相，烟花圍困苦難當。

因此衆皆恐懼，不敢上前，一個個都捻手矬腰，搖頭咬指，戰戰兢兢，排塞街傍路下，都看唐僧，孫大聖却也弄出醜相開路，沙僧也粧嚇虎維持，八戒採着馬，掬着嘴，擺着耳

緣。一行前進。又見那市井上房屋齊整。舖面軒昂。一般有賣鹽賣米。酒肆茶坊。鼓角樓臺。通貨殖。旗亭候館。掛簾櫳。師徒們轉灣抹角。忽見有一女官侍立街下。高聲叫道。遠來的使客。不可擅入城門。請投館驛。註名上簿。待下官執名奏駕。驗引放行。三藏聞言。下馬觀看。那衙門上有一扁上書迎陽驛三字。長老道。悟空。那村舍人家傳言是實。果有迎陽之驛。沙僧笑道。二哥你却去照胎泉邊照照看。可好照管有雙影。八戒道。莫弄我。我自吃了那盞兒落胎泉水。已是打下胎來了。還照他怎的。三藏回頭分付道。悟能。謹言謹言。遂上前與那女官作禮。女官引路。請他們都進驛內。正廳坐下。即喚看茶。又見那手下人。盡是三綹梳頭。兩截衣之類。你看他拏茶的也笑。少頃茶罷。女官欠身問曰。使客何來。行者道。我等乃東土大唐王駕下。欽差上西天拜佛求經者。我師父便是唐王御弟。號曰唐三藏。我乃他大徒弟孫悟空。這兩個是我師弟豬悟能。沙悟淨。一行連馬五口。隨身有通關文牒。乞爲照驗放行。那女官執筆寫罷。下來叩頭道。老爺恕罪。下官乃迎陽驛驛丞。實不知上邦老爺。知當遠接。拜畢起身。即令管事的。安排飲饌。道爺爺們寬坐一時。待下官進城啓奏我王。倒換關文。打領給送老爺們西進。三藏欣然而坐。不題。且說那驛丞。整了衣冠徑入城中五鳳樓前對黃門官道我是迎陽館驛丞有事見駕黃門即時啓奏降旨傳宣至殿問曰驛丞有何事來奏驛丞道微臣在驛接得東土大唐王御弟唐三藏有三個徒弟名喚孫悟空豬悟能沙悟凈連馬五口欲上西天拜佛取經特來啓奏主公可許他倒換關文放行女王聞奏滿心歡喜對衆文武道寡人夜來夢見金屏生彩豔玉鏡展光明乃是今日之喜兆也衆女官擁拜丹墀道主公怎見得是今日之喜兆女王道東土男人乃唐朝御弟我國中自混沌開闢之時累代帝王更不曾見個男人至此幸今唐王御弟下降想是天賜來的寡人以一國之富願

招御弟為王我願為后與他陰陽配合生子生孫永傳帝
業卻不是今日之喜兆也眾女官拜舞稱揚無不歡悅驛
丞又奏道主公之論乃萬代傳家之好但只是御弟三徒
兇惡不成相貌女王道卿見御弟怎生模樣他徒弟怎生
兇醜驛丞道御弟相貌堂堂丰姿英俊誠是天朝上國之
男兒南贍中華之人物那三徒卻是形容獰惡相貌如精
（女人自愛好男子）
女王道既如此把他徒弟與他領給倒換關文打發他往
西天只留下御弟有何不可眾官拜奏道主公之言極當
臣等欽此欽遵但只是匹配之事無媒不可自古道姻緣
配合憑紅葉月老夫妻繫赤繩女王道依卿所奏就著當

駕太師作媒迎陽驛丞主婚先去驛中與御弟求親待他許可寡人却擺駕出城迎接那太師驛丞領旨出朝却說三藏師徒們在驛廳上正享齋飯只見外面人報當駕太師與我們本官老姆來了三藏道太師來却是何意八戒道怕是女王請我們也行者道不是相請定是說親三藏道悟空假如不放强逼成親却怎麽是好行者道師父只管允他老孫自有處治言未了二女官早至對長老下拜長老一一還禮道貧僧出家人有何德能敢勞大人下拜那太師見長老相貌軒昂心中暗喜道我國中實有造化這個男子却也做得我王之夫二人拜畢起來侍立左右

道御弟爺爺萬千之喜了三藏道我出家人喜從何來太師躬身道此處乃西梁女國國中自來沒個男子今幸御弟爺爺降臨臣奉我王旨意特來求親三藏道善哉善哉我貧僧隻身來到貴地又無兒女相隨止有頑徒三個不知大人求的是那個親事驛丞道下官纔進朝啓奏我王十分歡喜道夜來得一吉夢夢見金屏生彩艷玉鏡展光明知御弟乃中華上國男兒我王願以一國之富招贅御弟爺爺爲夫坐南面稱孤我王願爲帝后傳旨着太師作媒下官主婚故此特來求這親事也三藏聞言低頭不語太師道大丈夫遇時不可錯過似此招贅之事天下雖有

托國之富世上實稀請御弟速允庶好回奏長老越加痴痖八戒在傍掬着碓挺嘴叫道太師你去上覆國王我師父乃久修得道的羅漢决不愛你托國之富也不愛你傾國之容快些兒倒換關文打發他往西去留我在此招贅如何太師聞說膽戰心驚不敢回話驛丞道你雖是個男身但只形容醜陋不中我王之意八戒笑道你甚不通變常言道粗柳簸箕細柳斗世上誰見男兒醜行者道獃子勿得胡談任師父尊意可行則行可止則止莫要擔閣了媒妁工夫三藏道悟空憑你怎麼說好行者道依老孫說你在這裡也好自古道千里姻緣似線牽哩那里再有這

般相應處三藏道徒弟我們在這里貪圖富貴誰去西天取經却不望壞了我大唐之帝主也太師道御弟在上微臣不敢隱言我王旨意原只教求御弟爲親教你三位徒弟赶了會親筵宴關付領給倒換關文往西天取經去哩行者道太師說得有理我等不必作難情願留下師父與你主爲夫快換關文打發我們西去待取經回來好到此拜爺娘討盤纏回大唐也那太師與驛丞對行者作禮道多謝老師玉成之恩八戒道太師切莫要口裡擺菜碟兒既然我們許諾且教你主先安排一席與我們吃杯肯酒如何太師道有有有就教擺設筵宴來也用驛丞與太師

歡天喜地，回奏女主不題。却說唐長老一把扯住行者罵道你這猴頭弄殺我也，怎麽說出這般話來，教我在此招婿，你們西天拜佛，我就死也不敢如此。行者道師父放心，老孫豈不知你性情，但只是到此地，遇此人，不得不將計就計。三藏道怎麽叫做將計就計。行者道你若使住法兒不允他，他便不肯倒換關文，不放我們走路，倘或意惡心毒，喝令多人割了你肉，做甚麽香帶呵，我等豈有善報。一定要使出降魔蕩怪的神通，你知我們的手脚又重，器械又兇，但動動手兒，這一國的人盡打殺了。他雖然阻當我

既是女人奚緣何不是怪物妖精

等，却不是怪物妖精，還是一國人身，你又平素是個好善

慈悲的人，在路上一靈不損，若打殺無限的平人，你心何忍，誠爲不善了也，三藏聽說道，悟空此論最善，但恐女主招我進去，要行夫婦之禮，我怎肯喪元陽，敗壞了佛家德行，走真精，墮落了本教人身，行者道，今日允了親事，他一定以皇帝禮，擺駕出城接你，你更不要推辭，就坐他鳳輦龍車，登寶殿，面南坐下，問女王取出御寶印，信來宣我們兄弟進朝，把通關文牒用了印，再請女王寫個手字花押僉押了，交付與我們，一壁廂教擺筵宴，就當與女王會喜，就與我們送行，待筵宴已畢，再叫排駕，只說送我們三人出城回來，與女王配合，哄得他君臣歡悅，更無阻擋之心亦不起毒惡之念，却待送出城門，你下了龍車鳳輦，教沙僧伺候左右，伏侍你騎上白馬，老孫却使個定身法兒，教他君臣人等，皆不能動，我們順大路只管西行，行得一晝夜，我却念個呪，解了術法，還教他君臣們甦醒回城，一則不傷了他的性命，二來不損了你的元神，這叫做假親脫網之計，豈非一舉兩全之美也，三藏聞言，如醉方醒，似夢初覺，樂以忘憂，稱謝不盡，道深感賢弟高見，四衆同心合意，正自商量不題，却說那太師與驛丞，不等宣詔，直入朝門白玉堦前奏道，主公佳夢最准，魚水之歡就矣，女王聞奏，捲珠簾，下龍牀，啓櫻脣，露銀齒，笑盈盈嬌聲問曰，賢卿見御弟怎麼說來。太師道臣等到驛。拜見御弟畢。即備言求親之事。御弟還有推托之辭。幸虧他大徒弟慨然見允願留他師父與我王爲夫。面南稱帝。只教先倒換關文。打發他三人西去。取得經回。却到此拜認爺娘。討盤費回大唐也。女王笑道。御弟再有何說。太師奏道。御弟不言。願配我主。只是他那二徒弟。先要吃席肯酒。女王聞言。即傳旨教光祿寺排宴。一壁廂排大駕。出城迎接夫君。衆女官即欽遵王命。打掃宮殿。鋪設庭臺。一班兒擺宴的。火速安排一班兒擺駕的。流星整備。你看那西梁國雖是婦女之邦。那鑾輿不亞中華之盛。但見六龍噴彩雙鳳生祥六龍噴彩扶車出雙鳳生祥駕輦來馥郁異香藹氤氳瑞氣開金魚玉佩多官擁寶髻雲鬟眾女排鴛鴦掌扇遮鑾駕翡翠珠簾影鳳釵笙歌音美絃管聲諧一片歡情冲碧漢無邊喜氣出靈臺三簷羅蓋搖天宇五色旌旗映玉堦此地自來無合巹女王今日配男才

不多時大駕出城早到迎陽館驛忽有人報三藏師徒道駕到了三藏聞言即與三徒整衣出廳迎駕女王捲簾下輦道那一位是唐朝御弟太師指道那驛門外香案前穿襴衣者便是女王閃鳳目簇蛾眉仔細觀看果然一表非

凡你看他
丰姿英偉相貌軒昂齒白如銀砌唇紅口四方頂平額
濶天倉滿目秀眉清地閣長兩耳有輪眞傑士一身不
俗是才郎好個妙齡聰俊風流子堪配西梁窈窕娘
女王看到那心歡意美之處不覺淫情汲汲愛慾恣恣展
放櫻桃小口呼道大唐御弟還不來占鳳乘鸞也三藏聞
言耳紅面赤羞答答不敢擡頭猪八戒在傍掬着嘴餳眼
觀看那女王却也㛹娜眞個
眉如翠羽肌似羊脂臉襯桃花瓣鬟堆金鳳絲秋波湛
湛妖嬈態春筍纖纖嬌媚姿斜軃紅綃飄彩艷高簪珠

前

翠顯光輝說甚麼昭君貌美果然是賽過西施御腰微
展鳴金珮蓮步輕移動玉肢月裡嫦娥難到彼九天仙
子怎如斯宮粧巧樣非凡類誠如王母降瑶池
那鈌子看到好處忍不住口嘴流涎心頭鹿撞一時間骨
軟筋麻好便似雪獅子向火不覺的都化去也只見那女
王走近前來一把扯住三藏悄語嬌聲叫道御弟哥哥請
上龍車和我同上金鑾寶殿匹配夫婦去來這長老戰兢
兢立站不住似醉如痴行者在側叫道師父不必太謙請
共師娘上輦快快倒換關文等我們取經去罷長老不敢
的是怕殺和尚
回言把行者抹了兩抹止不住落下淚來行者道師父切

莫煩惱這般富貴不受用還待怎麼哩。三藏沒及奈何只得依從。揩了眼淚。強整歡容。移步近前。與女主同携素手。共坐龍車。那女主喜孜孜欲配夫妻。這長老憂惶惶只思拜佛。一個要洞房花燭交鴛侶。一個要西宇靈山見世尊。女帝真情。聖僧假意。女帝真情。指望和諧同到老。聖僧假意。牢藏情意養元神。一個喜見男身。恨不得白晝並頭諧伉儷。一個怕逢女色。只思量即時脫網上雷音。二人和會同登輦。豈料唐僧各有心

那些文武官。見主公與長老同登鳳輦。並肩而坐。一個個眉花眼笑。撥轉儀從。復入城中。孫大聖纔教沙僧挑着行

後

李牽着白馬隨大駕後邊同行猪八戒往前亂跑先到五鳳樓前嚷道好自在好見成呀這個弄不成這個弄不成吃了喜酒進親纔是説得些執儀從引導的女官都不敢前進一個個回至駕邊道主公那一個長嘴大耳的在五鳳樓前嚷道要喜酒吃哩女主聞奏與長老倚香肩偎粉桃腮開檀口悄聲叫道御弟哥哥長嘴大耳的是你那個高徒三藏道是我第二個徒弟他生得食腸寬大一生要圖口肥須是先安排些酒食與他吃了方可行事女主急問光祿寺安排筵宴完否女官奏道巳設完了葷素兩樣在東閣上哩女王又問怎麽兩樣女官奏道臣恐唐朝御

弟與高徒等平素吃齋故有葷素兩樣女王却又笑吟吟偎着長老的香腮道御弟哥哥你吃素吃葷三藏道貧僧吃素但是未曾戒酒須得幾杯素酒與我二徒弟吃些說未了太師啓奏請赴東閣會宴今宵吉日良辰就可與御弟爺爺成親明日天開黄道請御弟爺爺登寶殿面南改年號即位女王大喜即與長老携手相攙下了龍車共入端門但見那

風飄仙樂下樓臺閶闔中間翠輦來鳳闕大開光靄靄皇宮不閉錦排排麒麟殿內爐烟裊孔雀屏邊房影迴亭閣崢嶸如上國玉堂金馬更奇哉

既至東閣之下又聞得一派笙歌聲韻美又見那兩行紅
粉貌妖嬈正中堂排設兩般盛宴左邊上首是素筵右邊
上首是葷筵下兩路盡是單席那女王斂袍袖十指尖尖
奉着玉杯便來安席行者近前道我師徒都是吃素先請
師父坐了左手素席轉下三席分左右我兄弟們好坐太
師喜道正是正是師徒如父子也不可並肩衆女官連忙
調了席面女王一一傳杯安了他弟兄三位行者又與唐
僧丟個眼色教師父回禮三藏下來却也擎玉杯與女王
安席那些文武官朝上拜謝了皇恩各依品從分坐兩邊
纔住了音樂業酒那八戒那管好歹放開肚子只情吃起

也不管甚麼玉屑米飯蒸餅糖糕蘑菇香蕈筍芽木耳黃花菜石花菜紫菜蔓菁芋頭蘿菔山藥黃精一骨辣噇了個罄盡呷了六七杯酒口裏嚷道看添換來拿大觥來再吃幾觥各人幹事去沙僧道好筵席不吃還要幹甚事獃子笑道古人云造弓的造弓造箭的造箭我們如今招的招嫁的嫁取經的還去取經走路的還去走路莫只管貪杯悞事快早兒打發關文正是將軍不下馬各自奔前程女王聞說即命取大杯來近侍官連忙取幾個鸚鵡杯鸕鷀杓金叵羅銀鑿落玻璃盞水晶盆蓬萊碗琥珀鍾滿斟玉液連注瓊漿果然都各飲一巡三藏欠身而起對女王

合掌道陛下多蒙盛設酒已勾了請登寶殿倒換關文趕天早送他三人出城罷女王依言携着長老散了筵宴上金鑾寶殿即讓長老即位三藏道不可不可適太師言過明日天開黄道貧僧纔敢即位稱孤今日即印關文打發他去也女王依言仍坐了龍牀即取金交椅一張放在龍牀左首請唐僧坐了叫徒弟們拿上通關文牒來大聖便教沙僧解開包袱取出關文大聖將關文雙手捧上那女王細看一番上有大唐皇帝寶印九顆下有寶象國印烏雞國印車遲國印女王看罷嬌滴滴笑語道御弟哥哥又姓陳三藏道俗家姓陳法名玄奘因我唐王聖恩認爲御

弟。賜姓我為唐也。女王道關文上如何沒有高徒之名。三藏道。三個頑徒。不是我唐朝人物。女王道既不是你唐朝人物。為何肯隨你來。三藏道。大的個徒弟。乃是東勝神洲傲來國人氏。第二個乃西牛賀洲烏斯庄人氏。第三個乃流沙河人氏。他三人都因罪犯天條。南海觀世音菩薩解脫他苦。秉善皈依。將功折罪。情願保護我上西天取經。皆是途中收得。故此未註法名在牒。女王道我與你添註法名。好麼。三藏道。但憑陛下尊意。女王即令取筆硯來。濃磨香翰。飽潤香毫。牒文之後。寫上孫悟空。猪悟能。沙悟淨。三人名諱。却才取出御印。端端正正印了。又畫個手字花押。

得將下去孫大聖接了教沙僧包裹停當那女王又賜出
碎金散銀一盤下龍牀遞與行者道你三人將此權爲路
費早上西天待汝等取經回來寡人還有重謝行者道我
們出家人不受金銀途中自有乞化之處女王見他不受
又取出綾錦十疋對行者道汝等行色匆匆裁製不及將
此路上做件衣服遮寒行者道出家人穿不得綾錦自有
護體布衣女王見他不受教取御米三升在路權爲一飯
八戒聽說個飯字便就接了捎在包袱之中行者道兄弟
行李見今沉重且倒有氣力挑米八戒笑道你那里知道
米好的是個日消貨只消一頓飯就了帳也遂此合掌謝

恩三藏道敢煩陛下相同貧僧送他三人出城待我囑付他們幾句教他好生西去我却回來與陛下永受榮華無挂無牽方可會鸞交鳳友也女王不知是計便傳旨擺駕與三藏並倚香肩同登鳳輦出西城而去滿城中都盞添淨水爐刻真香一則看女王鸞駕二來看御弟男身沒老沒小盡是粉容嬌面綠鬢雲鬟之輩不多時大駕出城到西關之外行者八戒沙僧同心合意結束整齊徑迎着鑾輿厲聲高叫道那女王不必遠送我等就此拜別長老慢下龍車對女王拱手道陛下請回讓貧僧取經去也女王聞言大驚失色扯住唐僧道御弟哥哥我願將一國之富

招你爲夫。明日高登寶位。即位稱君。我願爲君之后。喜筵通皆吃了。如何却又變卦。八戒聽說。發起個風來。把嘴亂扭。耳躲亂搖。闖至駕前嚷道。我們和尚家。和你這粉骷髏做甚夫妻。放我師父走路。那女王見他那等撒潑弄醜。諕得魂飛魄散。跌入輦駕之中。沙僧却把三藏搶出人叢。伏侍上馬。只見那路傍閃出一個女子。喝道。唐御弟那里走。我和你耍風月兒去來。沙僧罵道。賊輩無知。掣寶杖劈頭就打。那女子弄陣旋風。嗚的一聲。把唐僧攝將去了。無影無踪。不知下落何處。咦。正是

（○養○眼○）

脫得烟花網　又遇風月魔

畢竟不知那女子是人是怪，老師父的性命，得死得生，且聽下回分解。

總批

一人曰：大奇大奇，這國裡強姦和尚。又一人曰：不奇不奇，到處有底，也是常事。○難道此國裡再無一個丈夫，作者亦嘲弄極矣。